Ismail Kadaré · Die Schleierkarawane

Ismail Kadaré
Die Schleierkarawane

Erzählungen

Übersetzt aus dem Albanischen von
Oda Buchholz und Wilfried Fiedler

CIP-Titelaufnahme der Deutschen Bibliothek

Kadare, Ismail
Die Schleierkarawane: Erzählungen/Ismail Kadaré
Übers. aus d. Alban. von Oda Buchholz u. Wilfried Fiedler
Kiel: Neuer Malik-Verl., 1989
ISBN 3-89029-039-6

Originalausgaben: Komissioni i festës aus: Ura me tri harqe, Verlag Naim Frashëri, Tirana 1978; Breznia e Hankonatëve aus: Emblema e dikurshme, Verlag Naim Frashëri, Tirana 1981; Sjellësi i fatkeqësisë – Islamo nox aus: Zeitschrift Nëntori 4/1984.

Schutzumschlag unter Verwendung einer
Skizze von Leon Bakst
Satz: Utesch Satztechnik GmbH Hamburg
Druck: Clausen & Bosse, Leck
Printed in Germany
ISBN: 3-89029-039-6

Die Schleierkarawane
Islamo nox

I

Niemals zu Beginn einer Fahrt hatte man Hadschi Milet so oft glückliche Reise gewünscht wie in jenen Tagen Anfang September, da er im Begriff war, in die Länder des Balkans aufzubrechen. Seit Jahren schon war er als Karawanenführer im Versorgungsamt des Scheich-ul-Islam tätig, und Reisen in entfernte Winkel des Osmanischen Reiches waren für ihn etwas ganz Normales. Er hatte die unterschiedlichsten Dinge zu befördern, angefangen von alten Teppichen, die man, weil sie unansehnlich geworden waren, aus den Moscheen der Hauptstadt entfernt und für kleine Gotteshäuser in der Provinz bestimmt hatte, bis hin zu Tüchern mit Sprüchen aus dem Koran, die man in entlegene Marktflecken, in Dörfer und Heerlager brachte, wo nach den Inspektionsberichten oder nach anonymen Briefen solche nur in ungenügender Anzahl oder gar nicht vorhanden waren.

Obgleich er also ans Reisen und an die unterschiedlichen Sonderheiten seines seelischen Zustandes kurz vor dem Aufbruch durchaus gewöhnt war, empfand Hadschi Milet bei diesem Dienst, der ihn auf die Balkanhalbinsel führen sollte, doch etwas Beunruhigendes. Das lag nicht nur daran, daß er jene Gegenden des Reiches noch nicht kennengelernt hatte, sondern wesentlich an etwas anderem. Vielleicht hing es mit dem Transportgut zusammen, das er diesmal zu überbringen hatte – eine Ladung Schleier, mit denen die Frauen ihr Gesicht verhülllen sollten –, vielleicht auch mit dem Geraune, das ihm diesbezüglich in der Zeit der Vorbereitungen zu Ohren gekommen war.

Manchmal versuchte er, sich über das Getuschel keine Gedanken mehr zu machen. Dies war eine Reise wie jede andere, und auch die Fracht, die er jetzt zu befördern hatte, war schließlich nichts Außergewöhnliches. Sie war ebenso normal wie die Bündel mit den kleinen Gebetsteppichen oder die Gewänder für die Hodschas und viele, viele andere Dinge, die er Dutzende Male mit seiner Maultierkarawane in alle möglichen Ecken und Winkel transportiert hatte. So versuchte er, sich zu beruhigen, und das erreichte er auch, bis ihm wieder das ständige »Glückliche Reise!« seiner Bekannten in den Sinn kam und gleichzeitig der Gedanke, daß seine Fahrt offenbar nicht nur ihm selbst, sondern auch allen anderen als etwas Außerordentliches erschien und daß dies der einzige Grund dafür war, daß ihre Wünsche, sie möge glücklich verlaufen, sich vervielfacht hatten.

Dies war es, beiläufig gesagt, was Hadschi Milet im Kopf herumging, während er im Zentralmagazin des Versorgungsamtes die Schleier in Empfang nahm. Es waren ihrer viele, fast eine halbe Million, zu Bündeln zusammengeschnürt, auf deren jedem die Anzahl der Schleier vermerkt war. Mit monotoner Stimme murmelte der Obermagazinverwalter Zahl auf Zahl durch die Zähne, während sein Blick von den Bündeln zu dem Quittungsblock wanderte, den er in der Hand hielt.

Eine halbe Million, sagte Hadschi Milet zu sich selbst. Wie haben sie die nur alle fertigstellen können?

Man hatte ihm erzählt, die Frauen in den Schneiderstuben von zehn Städten seien den ganzen Sommer über mit dieser Arbeit beschäftigt gewesen. Es hieß, ein boshaftes Murmeln habe das Zuschneiden und Nähen des schwarzen Stoffes, aus dem die Schleier gefertigt waren, begleitet. Mochten doch auch jene Balkanesinnen, jene Europäerinnen leiden! Die waren bis jetzt unverschleiert gegangen, hatten sich vielleicht gar über sie lustig gemacht. Nun aber ging es denen an den Kragen. Genug hatten sie herumgeschwänzelt wie Stuten, nun würden sie schon sehen, was es hieß, das Gesicht unter dem Schleier zu verbergen!

Derlei wußten einige zu berichten. Andere aber sagten, mitnichten sei es so gewesen. Sehr gering sei die Anzahl der Frauen, die sich beim Schleiernähen zu solchen Auslassungen verstiegen hätten. Die meisten hätten voller Mitgefühl mit den Frauen und Mädchen auf dem Balkan geseufzt: Die Ärmsten, nun sind sie auch dran ...

Hadschi Milet war bemüht, Flüstereien dieser Art keine sonderliche Bedeutung beizumessen. Ihm war nicht einmal in den Sinn gekommen, daß Frauen auch unverschleiert gehen könnten. Das wäre ja fast dasselbe, als würde man sich eine Welt vorstellen, in der es nur Tag, nicht aber Nacht gäbe. Allah hatte die Erde nun einmal so eingerichtet, daß die eine Hälfte der Zeit Tag, die andere Hälfte Nacht war. Und so hatte er auch das menschliche Geschlecht geschaffen: die eine Hälfte verschleiert, die andere unverschleiert.

Zuvor hatte Hadschi Milet nicht einmal gewußt, daß es Gegenden im Reich gab, in denen die Frauen ohne Schleier gingen, ja, er war geradezu erschüttert gewesen, als er das erfuhr. Doch einer seiner Freunde, der sich in den staatlichen Angelegenheiten auskannte, hatte ihn mit den Worten beruhigt, es seien halt die Gegenden, die das Osmanische Reich ganz spät erobert hatte, so daß seine Macht dort erst jetzt richtig Fuß faßte. Es war derselbe Mann, der ihm von dem Zwist erzählt hatte, welcher in den letzten Monaten zwischen der Familie Ur und dem Scheich-ul-Islam entbrannt war, eben wegen der Schleierangelegenheit. Wie immer, hatte sich der mächtige Ur-Clan dem Scheich-ul-Islam widersetzt und war gegen die Dekretierung des Ferace ferman, des Schleier-Fermans, aufgetreten, doch das Geschlecht der Ur hatte gerade in diesem Jahr etwas von seiner Macht eingebüßt; schon im Frühjahr hatte es den Posten des Großwesirs verloren, was dazu führte, daß es in der Auseinandersetzung unterlag. Es hieß, der Scheich-ul-Islam habe sich, als er während einer Beratung der Regierung spürte, daß er Oberwasser bekam, nicht ohne beißende Ironie wegen ihrer albanischen Abkunft an die Gebrüder Ur, beide Wesire im letzten Kabinett, gewandt und gesagt: »Mögen euch die Albanerinnen nicht leid tun, o siegreiche Feldherren. Sie werden, ebenso wie die anderen Balkanesinnen, vor den Dschinn in sich selbst gerettet. Der Schleier wird ihnen frommen, sie werden zur Ruhe kommen.«

Und schließlich war der Erlaß verkündet worden, eindrucksvoll und bedrückend zugleich, wie bei einem Totenfest: Alle Frauen und Mädchen im westlichen Teil des Reiches, alle Albanerinnen und Griechinnen, alle Serbinnen und Rumäninnen, alle Bosniakinnen, Bulgarinnen und Bulgareskinnen würden von nun an ihr Antlitz mit einem Schleier zu verhüllen haben, sobald sie das dreizehnte Lebensjahr erreichten, ebenso wie alle anderen Muselmaninnen.

Hadschi Milet hatte allen diesen Nachrichten mit offenem Mund gelauscht. So standen nun einmal die Dinge. Es konnte nicht zweierlei Recht im Reiche geben, auch nicht zwei Arten von Frauen.

Der Hadschi erinnerte sich wieder des Weibergeschwätzes über die Balkanesinnen. Er betrachtete aufmerksam die Zahlen auf den Begleitpapieren, während der Obermagazinverwalter weiter zwischen den Bündeln herumging, die ihn auf Schritt und Tritt behinderten. Eine halbe Million, sagte er bei sich, und dabei spürte er, daß er im Innersten ergriffen war von der Macht des Staates, dem er als Beamter diente. Und man mußte bedenken, daß dies nur die erste Schleierlieferung war! Ihr würden weitere und immer weitere folgen, bis schließlich auch jene Seite – jetzt kam es ihm so vor, als sei dem Reich, wie einem Frauenzimmer, eine ungehörige Stelle des Körpers entblößt –, bis also auch jene Seite schließlich und endlich ganz verhüllt sein würde.

II

Noch vor Tagesanbruch hatte Hadschi Milet mit seiner Maultierkarawane die Hauptstadt verlassen. Es war frisch, fast kalt so früh am Morgen. Vom Marmarameer her blies der Wind ohne Unterlaß.

Er war den ganzen Tag unterwegs, ohne irgendwo eine längere Rast einzulegen, damit er noch am Abend Orman Çiftlik erreichte, um dort zu übernachten. Es war strenge Vorschrift, daß alle Kuriere und Beamten, die dienstlich in die westlichen Gebiete beordert wurden oder von dort zurückkehrten, hier eine Nacht verbringen mußten. Keiner kannte den Grund dafür, und Hadschi Milet hatte sich darüber nicht allzu viele Gedanken gemacht. Wie jedem Beamten, der zum ersten Mal in den europäischen Teil des Landes reiste, hatte man auch ihm diese Regel eingeschärft, und er hatte sie sich sofort eingeprägt, wie er dies bei allen staatlichen Anweisungen zu tun pflegte, ohne viel darüber nachzudenken. Allerdings war die Weisung schon etwas merkwürdig: Ganz gleich, zu welcher Stunde man in Orman Çiftlik anlangte, man durfte seinen Weg nicht fortsetzen, ohne eine Nacht dort geschlafen zu haben. Man konnte also auf dem Heimweg dort zur Mittagszeit eintreffen, womöglich Briefe und Dokumente von größter Wichtigkeit bei sich tragen, vor Sehnsucht nach den Seinen fast vergehen, wo doch die Hauptstadt nicht mehr fern war, trotzdem durfte man seine Reise nicht fortsetzen, um noch am selben Tag daheim anzukommen. Nein, man mußte die Nacht in Orman Çiftlik abwarten und dort schlafen, denn erst am Morgen durfte man weiterreisen.

Mehrmals hatte Hadschi Milet unterwegs versucht, sich vorzustellen, wie denn dieses Orman Çiftlik aussehen mochte, doch in seinem einfachen Gemüt entstand lediglich die Vorstellung von einem Wald, wie es das Wort Orman in diesem türkischen Namen andeutete. In der Tat war nun das erste, was er beim Näherkommen sah, ein dunkler Busch, der in der Abenddämmerung noch düsterer schien. Ein paar blasse Laternen ließen hier und da zweigeschossige Bauten erkennen, die wie unbewohnt wirkten. Aus dem Schein einer der Laternen trat jemand heraus und kam auf Hadschi Milet zu, um ihn nach seinem Namen und dem Reiseziel zu fragen. Hadschi Milet zeigte dem anderen die Dokumente, der sah sie aufmerksam durch, wobei er einige Male den Blick von der Ladung zu den Maultieren schweifen ließ.

»Gut«, sagte er schließlich. »Die Maultiere wirst du nach dahinten bringen«, und er zeigte mit der Hand nach rechts, »du selbst wirst da schlafen.«

Ein Weilchen betrachtete der Hadschi das Gebäude aus roten Ziegeln, auf das der andere wies.

»Und dann?« fragte er.

»Was dann?« Der andere hob erstaunt die Brauen. »Du weißt doch selber, was du dann zu tun hast. Du ziehst morgen früh weiter, oder nicht?«

»Ja, ja, natürlich«, sagte der Hadschi ein wenig verwirrt.

»Wenn ich recht sehe, hast du eine lange Reise vor dir. An gefährlichen Orten wird man dir sicher Geleitschutz zur Verfügung stellen.«

»Ach so?«

»Ich denke schon. Wie mir scheint, hast du eine kostbare Ladung bei dir.«

»Hm, ja.«

»Aber mach dir deshalb keine Sorgen. In jedem Paschalik weiß man schon selbst, wie die staatlichen Karawanen zu schützen sind. Und nun gute Nacht.«

»Gute Nacht«, erwiderte der Hadschi.

Er hatte geglaubt, daß er, müde wie er von der Reise war, sogleich einschlafen würde, aber merkwürdigerweise war das nicht der Fall. Lange Zeit warf er sich auf seinem Bett hin und her, und wenn er ein paarmal einnickte, so schien ihm, daß er davon nur noch müder wurde. Einmal stand er auf, um nach den Maultieren zu sehen, doch er kam nicht weit, denn jemand sprach ihn aus der Dunkelheit an.

»Wohin gehst du, Aga?«

»Dort hinten hin. Ich will nur mal nach den Maultieren schauen.«

»Keine Sorge. Dies ist ein sicherer Ort.«

»Ja? Na gut dann.«

Er kehrte in das kleine, kahle Zimmer zurück, das beim Schein einer Petroleumfunzel noch trauriger wirkte. Dies ist ein sicherer Ort, wiederholte er bei sich, als könne ihm das helfen, nun doch endlich einzuschlafen.

III

Trotz der unruhigen Nacht fühlte sich Hadschi Milet seltsamerweise bei Tagesanbruch, als er sich auf den Weg machte, völlig frisch. Vielleicht war es der Wald, der mich in der Nacht gequält hat, sagte er sich, als die Maultierkarawane Orman Çiftlik hinter sich gelassen hatte und nun die große Straße an der Küste entlangzog. Der Himmel war samtblau, und das Meer paßte sich der Farbe des Himmels an wie Futterstoff einem kostbaren Gewand. Es wird ein schöner, klarer Tag werden, dachte Hadschi Milet. Je weiter er sich von Orman Çiftlik entfernte, desto freier fühlte er sich. Nicht umsonst sagen die alten Weiber, daß Bäume einen schweren Schatten werfen.

Als die Sonne aufging, hatte er schon eine gute Wegstrecke zurückgelegt. Schon so manchen Sonnenaufgang hatte er bei seinen Reisen erlebt, doch einen solchen noch nie. Das Firmament füllte sich mit goldenen Pfeilen, und das Meer brachte, als wolle es sie empfangen, Tausende Silberplättchen, kleine flimmernde Schilde hervor. Bald war alles wie von einem roten Gluthauch entflammt, in den sich der Schaum des Lichtes ergoß und allmählich die ganze Natur erfüllte.

Hadschi Milets Stimmung war fröhlich und gelöst, so mochte sich eine Schwalbe im Frühling fühlen. Erst zwei Stunden später, als er mit seiner Karawane rastete, um das Frühstück zu verzehren, spürte er, daß er wieder in der Lage war, seine Gedanken wie sonst auf seinen Reisen auf alltägliche Dinge zu lenken.

Als er sich wieder auf den Weg machte, war es noch immer Morgen. Der Tag war klar, ganz Licht und Sonne, und soweit das Auge reichte, war nicht die Spur eines Wölkchens zu bemerken. Er hatte den Eindruck, der Himmel in diesem Teil des Reiches sei schöner. Und dabei hatte er vorher das Gegenteil angenommen: Er hatte geglaubt, je näher man den Ländern komme, in denen die Christen wohnten, um so kälter und düsterer müsse alles werden.

Unvergleichlich schön, dachte er und konnte den Blick nicht vom Blau des Firmaments lösen. Und ganz plötzlich, ohne irgendwelchen Grund, so, wie einem oft verrückte, sinnlose und lästige Gedanken kommen, dachte er darüber nach, welchen Teil des Himmels wohl die Schleier, die er in den Bündeln mit sich führte, bedecken würden, wenn man sie aneinandernähte.

Er mußte über sich lachen und verscheuchte dabei die düstere Vorstellung aus seinem Sinn. Doch nach kurzem holte er tief Luft, seufzte auf und sagte: »Gottlob!«

Wahrlich, gottlob, daß man mit ihnen weder den Himmel noch das Meer oder was es sonst an Schönem auf der Welt gab, verhüllen konnte. Sonst... Was für ein »sonst?« dachte er. Weshalb klügelte er sich solchen Unsinn aus? Trotzdem konnte er seinen Sinn nicht daran hindern, daß er – gegen seinen Willen – die traurige Vorstellung von einem Mann heraufbeschwor – und das war er selbst –, der einen langen Schleier, einen schwarzen, schweren Vorhang hinter sich herzog, mit dem er Seen und Gefilde verhüllte, während ihn hinter seinem Rücken die ganze Welt verwünschte, wie man den Teufel verflucht.

IV

Ehe er in die balkanischen Gebiete gelangte, sah Hadschi Milet schon von weitem schroffe, schneebedeckte Berge von noch nie gesehener Bläue. Es war am sechsten Tag seiner Reise, als sich ihm in der Ferne, hoch über der Straße, die ersten Dörfer zeigten, die so ganz verschieden waren von den Dörfern in den anderen Teilen des Osmanischen Reiches. Er begriff nicht, weshalb ihn plötzlich ein Gefühl der Unruhe, vermischt mit Beklemmung, überkam. Dann bemerkte er die ersten Glockentürme, und da wußte er, warum. Es waren die Kirchen mit dem Kreuz darauf, die schon von weitem solche Verwirrung auslösten. Es war das erste Mal, daß er Kirchen zu Gesicht bekam. Er hatte zwar gehört, daß der Sultan in seiner Großmut den Christen der eroberten Lande ihren Glauben und ihre Bräuche zugestanden hatte, doch niemals hätte er angenommen, daß die Kirchen mit dem glänzenden Kreuz obenauf sich so in aller Offenheit am hellichten Tag erheben könnten.

Dann konnte er Minarette ausmachen, die sich neben den Kirchen gen Himmel reckten, und er gewann seine Fassung einigermaßen zurück. Im Gegensatz zu den alten, von der Zeit geschwärzten Kirchen strahlten die soeben erst aus weißem, behauenem Stein erbauten Minarette. Wahrlich, sie gleichen Bräuten, hauchte Hadschi Milet voller Bewunderung in sich hinein. An alles hatte der große Padischah gedacht: Neben jeder Kirche hatte er eine Moschee errichten lassen, auf daß die junge Braut mit der alten Vettel fechte, bis sie sie ganz bezwingen würde. Oho, die Angelegenheiten des Staates, dachte er. Nie sollte er es sich erlauben, ihretwegen den Mut sinken zu lassen. Da gab es Amtspersonen, die an alles dachten und denen nichts entging.

So sagte er es sich selbst, doch nichtsdestoweniger blieb ein kleiner Zweifel, der in seinem Inneren nagte: Und wenn nun diese buckeligen Kirchen, diese alten Hexen, die Minarette überlisten würden? Schluß jetzt, gebot er sich selbst und begann zu pfeifen, wie um diese Gedanken zu verscheuchen. Hadschi Milet war ein einfacher Mensch, er hatte weder eine Schule besucht, noch hatte er Bücher gelesen, und so ließen sich die Zweifel leicht aus seinem Kopf bannen.

Am nächsten Tag sollte ihm etwas widerfahren, was ihn die Sache mit den Kirchen völlig vergessen ließ. Zum erstenmal in seinem Leben erblickte er fremde, unverschleierte Frauen.

Es war gegen Mittag, als dies geschah. Er hatte Durst verspürt und seit langem darauf gewartet, daß er an ein Bächlein oder zu einer Quelle komme, um sich laben und auch die Maultiere tränken zu können. Die Stimmen der Frauen hatte er schon von weitem gehört, doch das hatte ihn nicht weiter beeindruckt. War doch jede Stadt des Reiches, war doch jedes Dorf voll von Frauenstimmen, er hatte sogar den Eindruck, daß die mohammedanischen Frauen, da ja ihr Gesicht vom Schleier verhüllt wurde, ihre Stimme lauter ertönen ließen, als es ziemlich war. Was nun Hadschi Milet in Erstaunen versetzte wie nichts bisher, war der Anblick der Frauen. Sie schöpften Wasser an einem großen Brunnen mit vielen Röhren, sie lachten und neckten einander. Hadschi Milet blieb wie angewurzelt stehen. Es waren Frauen und Mädchen mit unterschiedlichen Haartrachten, mit entblößten Hälsen und nackten Beinen, und was das Wichtigste war, mit Augen, die durch nichts verdeckt wurden.

O allmächtiger Gott, dachte er bei sich, und dieser innere Stoßseufzer bedeutete gleichzeitig Bewunderung und Furcht und die Reue des Sünders. Frauenaugen, murmelte er ein paarmal, als wolle er sich bewußt machen, was er da sah. Augen von Frauen und Mädchen. An so etwas war er nun gar nicht gewöhnt, und er spürte, daß er dem nicht würde standhalten können. Mit solchen Augen sah die Welt ganz anders aus. Es war genauso, als erwachte man eines schönen Morgens und fände plötzlich die Welt mit zwei Sonnen vor. Ja, genauso war es: Eine große Sonne, wie wir sie kennen, und eine andere, in Tausende und Abertausende Stücke zersplittert, die wie Perlen paarweise auf Frauenstirnen verteilt waren.

Ganz in ihrem Zauberbann, konnte er den Blick nicht von ihnen wenden. So also sahen sie aus, die Balkanesinnen. Das dunkle, melancholische Murmeln der Tausende Brünetten seines Landes tauchte wieder in seinem Gedächtnis auf – wie eine schwarze Wolke. Doch er versuchte, sie nicht näher kommen zu lassen, damit sie sich nicht in das helle Haselnußbraun dieser Haare mischte. Allah, seufzte er wiederum. Es gab Tage voller Sonne und Nächte voller Mondschein, doch es gab auch noch etwas anderes: Tage voller Frauenaugen. Dies war der erste derartige Tag in seinem Leben. Es würde noch ein paar weitere geben, zwanzig vielleicht oder dreißig, solange diese Reise dauerte, dann noch die Rückreise und danach nichts mehr... Die Nacht würde wieder hereinbrechen.

Hadschi Milet näherte sich dem Brunnen wie im Traum, bis die Frauen ihn erblickten. Er vernahm ihre kurzen, aufgeregten Rufe, aus denen er nur ein Wort, »Türke«, heraushören konnte. Man hatte ihm erzählt, die Frauen und Mädchen dieser Gegend würden von Entsetzen gepackt, wenn sie Soldaten und Staatsbeamte sahen.

Er blieb stehen, wie einer, dem es leid tut, einen Schwarm Vögel aufzuscheuchen. Er bemühte sich zu lächeln, und anscheinend gelang ihm dies bis zu einem gewissen Grad, denn ein paar der Frauen sahen ihn ohne ein Zeichen von Furcht an. Sie sprachen wieder in ihrer ihm unbekannten Sprache, Griechisch oder Albanisch mochte es sein, denn wie man ihm am Abend zuvor in dem Han, in dem er übernachtete, mitgeteilt hatte, war die Bevölkerung in den Dörfern ringsum aus Griechen und Albanern gemischt.

»Türke«, »Türke«, so hörte er sie wieder untereinander reden. Sie sagten wohl: »Seht doch diesen Türken!« oder »Schnell weg, der Türke sieht uns an!« Aber nein, das konnten sie ja gar nicht sagen, denn sie waren es ja gewohnt, von Männern angeschaut zu werden.

Allah, Allah, dachte Hadschi Milet wiederum. Was war das für eine Welt, wo die Blicke von Frauen und Männern gleich frei umherschweifen konnten, im selben Raum, ohne einander zu vertreiben, so wie jetzt der Blick seiner dunklen kaffeebraunen Augen zwischen den hellen Blicken der Frauen. Unwillkürlich schielte er aus dem Augenwinkel nach seiner Maultierkarawane, die stehengeblieben war. Diese Karawane würde die Dinge ins rechte Lot bringen, sie würde Ordnung schaffen, wie jemand kurz vor seiner Abreise gesagt hatte. Auch der Scheich-ul-Islam selbst sollte sie so genannt haben: Karawane der Rettung.

Rasch wandte der Hadschi den Blick von den Tieren ab, und sogleich hatte er jene düsteren Worte vergessen. Er lächelte, wie bei einer Sünde ertappt, und schritt dann ganz behutsam, als ginge er über Glas, zum Brunnen hin. Die Frauen und Mädchen ließen keinerlei Angst erkennen. Waffen trug er ja nicht, sein Aussehen war keineswegs furchterregend, und sicherlich machte ihn die Maultierkarawane, die er führte, zu einer noch friedfertigeren Gestalt. An einer der Brunnenröhren machte man ihm Platz, und als er herantrat und sich anschickte, Wasser zu trinken, reichte ihm eine Frau ihren Tonkrug. Sie war jung und helläugig, und es war erstaunlich, daß der Krug ihm nicht zu Boden fiel, so aufgewühlt war er, als er ihn aus ihren Händen entgegennahm.

»Vielen Dank«, sagte er, nachdem er getrunken hatte, und verneigte sich vor der Frau. »Allah vergelt's!«

Die Frau nahm den Krug, den er ihr mit zitternden Händen reichte, und lächelte ihn unbefangen an. Auch alle anderen, wie sie da standen, lächelten ihm zu. Hadschi Milet fühlte sich leicht, ganz leicht, als sei er aus Luft. Er konnte den Blick nicht von ihnen lösen, und am liebsten hätte er gerufen: Lächelt doch weiter, um Gottes willen, laßt mich nicht ... Für einen Augenblick schien es ihm wirklich, daß ihn, hätten sie zu lächeln aufgehört, sogleich Finsternis umfangen müßte. Doch das währte nur ein kurzes Weilchen. Die Köpfe der Frauen und Mädchen waren ebenso wie ihre Blicke in Bewegung, und das Lächeln war noch da, ringsumher.

Mit Zeichen gaben sie Hadschi Milet zu verstehen, er solle sich dem Brunnenrohr nähern, um sein Gesicht zu erfrischen, dann wiesen sie fröhlich lachend auf die Tiere, die zum Wasserlauf unterhalb des Brunnens gekommen waren, um zu trinken.

Wenn ihr wüßtet, was diese Maultiere mit sich führen! Schmerzhaft, wie ein schwarzer Blitz, durchzuckte dieser Gedanke sein Hirn, doch er schüttelte ihn sogleich ab.

Obwohl er in vielen Dingen unerfahren war, spürte Hadschi Milet, daß er nicht allzulange inmitten dieses Wunders verharren durfte. Er mußte sich entfernen, ehe er lästig wurde, damit nicht er selbst die Ursache für die Zerstörung des Wunders wurde.

Er netzte noch einmal sein Gesicht, wischte es dann mit einem Tuch ab, entfernte sich ein paar Schritte vom Brunnen und verbeugte sich ehrerbietig und voller Dankbarkeit vor der Schar der Frauen. Diese erwiderten sein Lächeln, wiegten die Köpfe und riefen ihm fröhlich etwas zu, was wohl »Guten Weg!« bedeuten mochte.

Nie zuvor in seinem Leben hatte sich Hadschi Milet glücklicher gefühlt. Die Welt erschien ihm plötzlich strahlend, wie in einem Licht von Freudentränen gebadet. Zwar hatte er die Dreißig bereits überschritten, doch er hatte, wie die meisten Burschen und Männer seines großen Landes, die Liebe nie kennengelernt. Wie alle anderen war er durch Ehevermittlung verheiratet worden. Nun hatte er zwei Kinder, und damit basta. Das war freilich keine Liebe. Liebe war, wenn die Frau die Freiheit besaß, ihre Blicke überall verweilen zu lassen, und wenn sie dann unter allen Dingen und Wesen dieser Welt allein dich erkor und keinen anderen.

Noch immer fühlte Hadschi Milet sich wie trunken. Kein Zweifel, er hatte sich in diese Schar Balkanesinnen verliebt. In seinem ganzen Leben hatten ihn Frauenaugen nie so lieblich angeschaut. Von diesem Augenblick an, so fühlte er, war die Welt für ihn eine andere geworden. Er gefiel ihnen …

Hadschi Milet verspürte den unbändigen Wunsch,

lauthals ein Lied anzustimmen. Er blickte sich um: Nur ödes Kieselgeröll und nichts weiter, er konnte aus voller Kehle singen. Und das tat er auch. So laut schmetterte er die Himmelskuppel an, daß sogar die Mulis es anfangs mit der Angst zu tun bekamen. Er sang ein getragenes, wehmütiges Lied, an dessen Text er sich nicht erinnerte, doch den brauchte er auch gar nicht. Er ersetzte ihn durch eigene Worte – oder richtiger, durch zwei Wörter –, die er ständig wiederholte:

Dünya, sevda ... Welt, Liebe ...

Er hörte erst auf zu singen, als er merkte, daß er heiser wurde. Da wandte er den Kopf, um noch einmal zurückzuschauen, doch der Brunnen war nicht mehr zu sehen. Er würde sich die Stelle merken, und auf der Heimreise würde er die Frauen und Mädchen vielleicht wiederfinden. Doch da fielen ihm die Schleier ein, und der Gedanke, daß er sie womöglich nicht wiedersehen oder gar verschleiert erblicken würde, stimmte ihn eine Weile traurig. Doch das dauerte nicht lange. Die lichtvolle Erinnerung war noch zu nahe, als daß sie so schnell hätte verblassen können, und gleich sagte er sich, daß die Schleier vielleicht nicht bis hierher kommen würden, denn sie mochten wohl nicht für alle reichen, und so würde er die Frauen wieder an diesem glückhaften Brunnen vorfinden.

Nun wollte Hadschi Milet abermals ein Lied anstimmen, doch in der Ferne waren die Kuppeln einer Stadt aufgetaucht. Es mußte die Hauptstadt des Paschaliks sein, wo er die erste Ladung seiner Schleier abliefern sollte. Mit der Linken faßte er nach der Tasche mit den Listen und Übergabebescheinigungen, und der Brust, aus der eben noch eine Melodie erschallen sollte, entrang sich ein tiefer Seufzer.

V

Nun hatte er schon sieben Städte hinter sich gebracht, und elf weitere lagen noch vor ihm. Ein Teil der Maultiere trug keine Last mehr, denn ihre Bündel waren bereits übergeben worden. Das Wetter hatte sich inzwischen verschlechtert. Es war kalt geworden, und noch kälter schien es in den Magazinen zu sein, wo er stundenlang mit der Übergabe der Schleier zu tun hatte. Vom Durchblättern der Übergabebescheinigungen taten ihm schon die Augen weh, und die Magazinverwalter gingen mit Zweifeln in der Miene wieder und immer wieder die Numerierung, die Zahlen, überhaupt alles durch.

Ach, wie widerwärtig ist das, seufzte er im stillen. Es war ihm leichter gefallen, Hunderte Kilometer Weg zurückzulegen, als sich mit diesen griesgrämigen Magazinverwaltern herumzuärgern.

Wenn er dann wieder herauskam, pflegte er erleichtert aufzuatmen. Manchmal, wenn ihm ein bißchen freie Zeit blieb, schlenderte er durch die unbekannte Stadt. Überall gab es da Frauen, an den Straßenkreuzungen, vor den Türen der Häuser, auf dem Markt. Er schaute auf sie mit geröteten, unstet blickenden Augen. Anders als dort an dem Brunnen, wo er sie zum erstenmal getroffen hatte, riefen sie jetzt recht zwiespältige Empfindungen in ihm hervor. Das alte Glücksgefühl erwachte zwar immer wieder, machte aber sogleich einer unerklärlichen Gereiztheit Platz. Ihm war jetzt, als würde er sie gleichzeitig lieben und hassen, ohne daß er hätte sagen können, woher dieser Zwiespalt kam.

Ihr Ärmsten, ihr Bejammernswerten, ihr Unglücksvögelchen, so pflegte er – ganz Mitleid – Selbstgespräche zu führen, wenn er sie sah. Doch oftmals quoll im gleichen Moment aus seinem Innersten eine blinde, stumme Aufwallung hervor, die seinen Blick verdunkelte.

Keine wird verschont, keine einzige, dachte er voller Wut, dreizehn Jahre und älter, alle, ohne Ausnahme, werdet ihr euch verhüllen müssen.

Kalter Schweiß bedeckte dann seine Stirn, und er sagte sich: Nein, es geht mir nicht gut. Dergleichen ist mir noch niemals vorgekommen.

Doch nicht nur er war nervös. So etwas wie ein Wirbelwind lief der Karawane voraus: Offenbar kam das Gerücht von der Ankunft der Schleier noch schneller voran als er selbst, erreichte die regennassen Städte, pfiff durch alte Schornsteine, und wie der Wind das abgefallene Laub wirbelte es auch die Schlafenden auf.

Der Schleier-Ferman war zwar schon vor Monaten verkündet worden, doch anscheinend spürten die Menschen erst jetzt, da die Karawane zu ihnen kam, seine drückende Last. Düster mußten die Vorahnungen der Frauen sein, doch die Traurigkeit der jungen Burschen und Männer war wohl noch größer. Man konnte es schon von weitem bemerken: Die Augen der Frauen glichen nicht mehr jenen, die ihn dort am Brunnen angestrahlt hatten. Es war, als hätten sie keinen Glanz mehr. Die Männer hingegen waren gleichsam blicklos geworden.

Zum erstenmal fühlte sich Hadschi Milet auf den Tod müde. Nordgriechenland lag nun schon hinter ihm, doch viele Städte, Bitola und Ohrid, auch andere Orte mit fremden, seltsam klingenden Namen hatte er noch vor sich: Durrësi, Shkodra, Sarajevo und Beograd, außerdem die Städte von Ungarn und noch ferner gelegene... O Gott, ob diese Reise wohl jemals enden würde?

Die Welt war voller Frauen, und überallhin mußte er Schleier zum Vermummen bringen. So lautete der Befehl, der Wille des allerhöchsten Sultans; der würde auch ausgeführt werden, und er, Hadschi Milet, war es, der ihn ausführen sollte.

In den alten, verlausten Herbergen, wo er übernachten mußte, versuchte Hadschi Milet auszurechnen, wie lang die Strecke war, die noch vor ihm lag, doch dies war ihm unmöglich. Er hatte sich nur wenig Wissen aneignen können, und Landkarten verstand er überhaupt nicht zu deuten. Die Leute aber, die er nach der Entfernung der Städte befragte, gaben einander widersprechende Antworten. Nein, ich werde niemanden mehr fragen, sagte er sich eines Abends in einer heruntergekommenen Unterkunft, deren hölzerner Vorbau ganz schwarz war von Regenflecken. Er würde in der Tat nicht mehr um Auskunft bitten. Er würde weiterziehen, mühsam jenen schwarzen, bleischweren Vorhang hinter sich herschleppend, soweit ihn die Füße tragen würden, weit, weit, bis an die Grenzen des Reiches, bis in die Nähe einer Stadt, die da Wien hieß. Bis dorthin, flüsterte er bei sich, und der Kopf sank ihm schwer vor Müdigkeit vornüber.

VI

Es war später Nachmittag, als er in der kleinen, schmutzigen Stadt ankam, deren schwer auszusprechender Name ihren Anblick noch düsterer zu machen schien. Es war die letzte Stadt, in der er seine Schleier übergeben sollte. Dahinter erstreckte sich die ungarische Tiefebene, doch seine Mission endete an diesem Ort. Die nächste Reise würde ihn vielleicht noch weiter führen, doch für diesmal war es ohnehin zuviel gewesen. Hadschi Milet fühlte sich völlig erschöpft.

Lange Zeit irrte er durch die Stadt, bis er das ebenerdige, trostlose, auf einem Gelände voller Schlamm, Pfützen und Kohleabfällen errichtete Magazin entdeckte. Der Verwalter, der nur mit Mühe zu finden war, half ihm dabei, dem Maultier das letzte Bündel abzunehmen. Während er sich vor Hadschi Milet ständig verbeugte, bat er diesen um Verzeihung für sein Säumen und sprach ihn dabei mit den Worten »Aga Hauptstädter« an, weil er befürchtete, der andere könnte bei seiner Rückkehr nach Istanbul einen Bericht über ihn abgeben. Doch Hadschi Milet war nicht aufzuheitern. Das schmuddelige Städtchen, die Nässe, die ihm bis ins Mark drang, hatten bewirkt, daß seine Stimmung den größten Tiefstand erreicht hatte. Nur einen Wunsch hatte er: weg von hier zu ziehen, sich im ersten besten Han, auf den er stoßen würde, auszustrecken und alles zu vergessen.

Der Magazinverwalter zählte die Schleier, dann prüfte er sorgfältig die Übergabebescheinigung und setzte seine Unterschrift darunter. Hadschi Milet blickte gedankenverloren auf die Maultierkarawane vor den Lagergebäuden. Nun ist das also auch erledigt, dachte er.

»Es gibt Überschwemmungen, auf den Wegen versinkt man im Schlamm«, sagte der Verwalter. »Doch die Maultiere sind ja nun, gottlob, unbeladen.«

Hadschi Milet gab keine Antwort.

»Gibt es hier in der Nähe irgendwo einen Han?« fragte er nach einer Weile.

»Einen Han? Ja freilich, Aga. Gar nicht weit von hier, gleich rechterhand hinter der Kreuzung. Warte ein Weilchen, Aga, ich verriegele nur das Magazin, dann bringe ich dich hin.«

Hadschi Milet atmete erleichtert auf, als sich der Magazinverwalter, nachdem er ihn zur Herberge begleitet und als Dolmetscher zwischen ihm und dem Hanbesitzer gedient hatte, der kein Türkisch konnte, endlich entfernt hatte. Er wollte mit niemandem sprechen, und ein paarmal wiederholte er für sich: Welch ein Glück, daß der Wirt nicht Türkisch spricht!

Draußen hatte es wieder zu regnen begonnen, und durch die offene Tür verfolgte Hadschi Milet mit seinen Blicken, wie sich der Herbergsknecht auf dem Hof um die Maultierkarawane kümmerte. Dann zündete der Wirt die Laterne am Tor der Herberge an. Da überkam Hadschi Milet eine unüberwindliche Schwermut. Was sollte er nur tun? Er setzte sich in eine Ecke des Raumes neben eine Petroleumfunzel und durchblätterte lange die Übergabebescheinigungen. Glücklicherweise hatte es damit keinerlei Verwicklungen gegeben, weder fehlten Schleier noch irgend etwas anderes. Alles war ordnungsgemäß und ohne Scherereien verlaufen. Und doch wollte ein Gefühl der Erleichterung nicht aufkommen. Jetzt, da er alles übergeben hatte und sich seine Tiere an der Krippe der Herberge gütlich taten, spürte er eine merkwürdige Leere in seinem Innern. Was hatte das nur zu bedeuten? Was hatte er mit diesen Schleiern zu schaffen? Sie hatten nicht seinen Schweiß gekostet, waren nicht sein Besitz, die Trennung davon müßte ihm nicht schwerfallen. Im Gegenteil, sie waren Eigentum des Staates, und das zu übergeben, konnte für jeden Beamten doch nur eine Erleichterung bedeuten. Und im übrigen, riefen nicht diese dünnen, viereckigen Tücher nur gemischte Gefühle in seiner Seele hervor? Da mußte er doch jetzt, da er sie los war, endlich ruhiger werden.

So dachte er, doch sein Herz fand keine Ruhe. Diese letzten fünf Wochen hatten ihn auf merkwürdige Weise mit den Schleiern verbunden. Bald waren sie ihm schön, bald häßlich erschienen. Er schätzte und haßte sie gleichzeitig. Sie würden eine halbe Million Frauenantlitze verhüllen. Stirn und Lippen, Atem und geheime Seufzer würden sie berühren. Und all das war mit ihm verbunden, denn er war es, der diese Schleierkarawane, Hochzeit und Totenfeier zugleich, hierher gebracht hatte.

Jetzt hatte er sie ausgehändigt. Stumpf kauten die Maultiere im Stall der Herberge vor sich hin. Stumpf und leer war es auch in seiner Seele.

Nun wollte er weg, so rasch wie möglich nach Hause

zu seiner Frau und den Kindern. Wenn man ihm nur nicht mehr solche Arbeiten übertragen würde und er all dies vergessen könnte!

Draußen war es inzwischen stockdunkel geworden. Es regnete vor sich hin, und ihm war nach Weinen zumute.

VII

Verglichen mit seinen bisherigen Reisen, kam ihm der Rückweg diesmal länger vor. Die Städtchen und Dörfer erschienen ihm kleiner als auf dem Hinweg, und das Wetter verschlechterte sich zunehmend. Sobald er in eine Stadt kam, war das erste, wonach seine Augen die Straßen absuchten, Frauen mit Schleier, aber noch tauchten nirgendwo welche auf. Wie zuvor gingen die Frauen und Mädchen allerorten unverhüllt.

Seltsam, dachte er. Dann fiel ihm ein, daß er ja gar nichts darüber wußte, wie der Erlaß durchgesetzt werden sollte, wie die Schleier ausgeteilt würden und welche Form des Zwanges der Staat anzuwenden vorhatte, um deren Tragen zu gewährleisten.

Was geht's mich an, sagte er sich zuweilen und spürte, daß ihn Gleichgültigkeit überkam. Wenn er dann aber wieder in irgendeiner Stadt eintraf, hätte er am liebsten laut danach gefragt. Wo blieben denn seine Schleier, die er unter so vielen Entbehrungen und Stoßseufzern vom Ende der Welt bis hierher gebracht hatte? Doch er war sich nicht einmal selbst darüber im klaren, was er sich eigentlich wünschte: Wollte er sie nun traurig flatternd und sich bauschend überall auf den Straßen sehen, oder sollten sie niemals aus den schwarzen Bündeln herauskommen, sondern fest verschnürt in den dunklen Magazinen vermodern und verrotten?

Manchmal dünkte ihn, er hätte das Ganze womöglich nur geträumt, dann wieder kam ihm der Gedanke, der Erlaß sei vielleicht annulliert worden.

Laß sie doch machen, was sie wollen, sagte er sich und starrte dabei unablässig in die Ferne, in der sich der Weg verlor. Schon lange hatte er Sarajevo hinter sich gelassen, er näherte sich bereits Shkodra. Die prächtigen Moscheen und Kirchen der Stadt schimmerten beunruhigend aus dem Nebel hervor.

Ein feines Nieseln setzte ein, als er das Weichbild der Stadt betrat, und bei seiner Ankunft am Neuen Han, in dem er schon auf der Hinreise genächtigt hatte, schien es, als wolle der Regen überhaupt nicht mehr aufhören. Der Hof der Herberge war voller Pfützen, doch das machte ihm nichts aus, verspürte er doch ohnehin nicht die geringste Lust, in die Stadt zu gehen.

In einem Winkel der großen überdachten Terrasse kauernd, erwartete er erschöpft und abgestumpft den Abend. Der Hanbesitzer zündete endlich die von der Decke herabhängende Petroleumlampe an, und die Gäste nahmen um den großen Tisch zum Abendessen Platz. Es war sofort zu merken, daß einige von ihnen seit Tagen im Han übernachteten, denn sie kannten einander. Es waren Beamte und Inspekteure, dienstlich aus der Metropole hierher beordert, die kaum verhehlten, wie ungeduldig sie auf ihre baldmöglichste Rückreise in die Hauptstadt warteten. Aus ihrer Unterhaltung entnahm der Hadschi, daß sie mit wichtigen Angelegenheiten befaßt waren. In dem Bemühen, nicht aufzufallen, setzte er sich an eine Ecke des Tisches. Dennoch war er von Anfang an der Aufmerksamkeit der anderen nicht entgangen. Während der Wirt Löffel und Schüsseln brachte und für jeden eindeckte, wandte sich einer von ihnen, ein Langgesichtiger, dessen Augen halb geschlossen waren, was seine Redeweise noch hochmütiger erscheinen ließ, an ihn mit der Frage: »He, du da, womit bist du denn hergekommen?«

»Ich?« entgegnete der Hadschi ein wenig verdutzt. »Mit einer Karawane, Aga. Mit den Schleiern.«

»Ach, dann hast du also die Schleier gebracht?«

Aller Augen waren auf ihn gerichtet. Hadschi Milet bejahte die Frage mit einer Kopfbewegung.

»Dieser Tage wird hier in Shkodra von nichts anderem gesprochen«, warf da der Wirt ein, der gerade den großen irdenen Topf mit Bohnen mitten auf den Tisch stellte. »Bedienen Sie sich nach Herzenslust, meine Herren, es ist mehr als genug für alle da!«

»Danke, Meister!« ertönten zwei, drei Stimmen.

»Haben alle Löffel und Schüsseln? Haben wir auch nichts vergesssen?« fragte der Wirt.

»Nein, nein«, antwortete einer mit vollem Mund. »Gepriesen seien deine Hände!«

Der Wirt stand da mit zufriedener Miene.

»In der ganzen Stadt brodelt es wegen der Sache mit den Schleiern«, ließ sich wiederum der Wirt vernehmen, dem es offensichtlich gefiel, daß sich das Gespräch an seinem Tisch, in seinem Han, entzündete. »Und es ist auch verständlich, warum. Diese Dinge sind neu für unsere Gegend. Die Frauen sind nicht daran gewöhnt, die Männer erst recht nicht. Daß der Schleier-Ferman erlassen wurde, haben zwar alle gehört, aber niemand weiß, wie er angewandt werden soll. Manche sagen, die Gendarmen würden alle Mädchen und Frauen, die unverhüllt herumlaufen, anhalten und ergreifen. Andere meinen, daß es Geldbußen, ja sogar Gefängnisstrafen geben wird.«

»Und wie soll es nun damit werden?« wandte sich einer an Hadschi Milet. »Du müßtest doch etwas wissen.«

Der Hadschi zuckte die Schultern.

»Ich weiß gar nichts, Aga. Ich habe sie lediglich gebracht.«

Hm, schnob er innerlich mit stummer Wut. Es reicht ja wohl, daß ich sie von weither gebracht habe, da verlangt ihr obendrein, daß ich wissen soll, was damit geschieht.

»Gibt es denn Widerstände?« fragte einer den Wirt.

»Eh, was soll ich da sagen?« erwiderte dieser. »Die Leute hier sind dickschädelig, die Männer wie die Frauen.«

»Die werden sich schon daran gewöhnen«, sagte der Langgesichtige. »Wie an alles andere.«

»Meinst du?« wandte irgend jemand ein.

»Die werden sich daran gewöhnen müssen, da ist gar nichts zu machen.«

»Was nicht alles geredet wird«, warf lächelnd der Wirt ein. »Hier haben die meisten Häuser außer ihren Haupttoren, die die Albaner gern möglichst groß bauen, auch noch kleine Pforten, Hintertürchen genannt, die die Gärten miteinander verbinden. Nun also, es heißt, daß sie die Hintertürchen jetzt Tag und Nacht offen lassen wollen, damit die Frauen und Mädchen unverhüllt hindurchschlüpfen können, wenn es ihnen denn untersagt wird, ohne Schleier durch die Straßen zu gehen.«

»Sieh einer an!« rief das Langgesicht entrüstet. »Was die sich nicht alles vom Teufel einflüstern lassen, bloß um keine Schleier tragen zu müssen!«

»Merkwürdig, bei Gott!« sagte einer und breitete die Arme aus. »Alles kann ich verstehen, aber wie man sich erdreisten kann, den Befehl des Sultans zu hintertreiben, das will mir nicht in den Sinn.«

»Recht hast du«, meinte ein anderer. »Da der Schleier-Ferman nun einmal verkündet ist, wird er auch durchgeführt, selbst wenn Himmel und Erde zusammenprallen.«

Hadschi Milet schob unwirsch den Löffel von sich. Anfänglich hatte ihm die Unterhaltung über die Schleier gefallen, um so mehr, als er darin so etwas wie eine Hauptperson war, plötzlich jedoch, weiß der Kuckuck warum, brachte sie ihn in Harnisch. Jetzt sehnte er inständig das Ende der Abendmahlzeit, und damit dieses Gespräches, herbei.

Das ging aber zu seinem Leidwesen auch nach dem Abendessen weiter, als sich einige der Gäste Kaffee bestellten. Der Hadschi wäre am liebsten aufgestanden, um sich schlafen zu legen, doch das wagte er nicht. Fast alle Herbergsgäste waren älter als er, außerdem sicherlich mit weitaus wichtigeren Aufgaben betraut. Im übrigen ließ ihn die Furcht, man könnte nach seinem

Weggang irgendeine unfreundliche Bemerkung über ihn machen, auf seinem Platz verharren.

»Es war in der Tat ein Wunder, daß dieser Erlaß herauskam«, sagte jemand. »Allerdings hat es lange gedauert. Der Padischah hat eben wie stets große Geduld bewiesen, er hat die Angelegenheit wohl und gründlich abgewogen, bevor er seinen Entschluß faßte.«

»Eine große Freude war das für alle, vor allem für uns Muselmanen, die wir in dieser Gegend unter Fremden leben«, warf abermals der Wirt ein, der mit der Kanne in der Hand abwartete, ob jemand noch einen Kaffee wünschte. »Wie oft haben wir diesbezüglich Briefe an den Sultan geschrieben, doch eine Antwort erhielten wir nicht.«

»Briefe muß der Herrscher von überallher bekommen haben.«

»Es heißt, ein Traum habe den Ausschlag gegeben«, sagte der Langgesichtige, dessen Augen nun völlig geschlossen waren und eher wie zwei von einer alten Schnittwunde zurückgebliebene Narben aussahen. »Ein Traum«, fuhr er nach kurzer Pause fort, »in die Hauptstadt gesandt von einem Hodscha aus Bosnien.«

»So?« erklangen fragend ein paar Stimmen.

Das Langgesicht wiegte bejahend den Kopf.

»Der Traum wurde tagelang von Experten gedeutet, schließlich erhielt er seine exakte Interpretation, und diese wurde dann dem Sultan übergeben.«

»Gesegnet sei der Schlaf des Geistlichen, der den Traum hervorbrachte!« sagte der Wirt. »Der hat uns errettet. O ja, das Eintreffen des Schleier-Fermans bedeutete wahrlich eine Freude. Die Trommel erdröhnte noch vor Tagesanbruch, und die Menschen streckten die Köpfe aus den Fenstern, um zu fragen: ›Was ist los? Was für eine gute Nachricht ist eingetroffen?‹«

»Ich glaube nicht, daß alle froh darüber sind«, warf jemand ein.

»Zweifelsohne«, antwortete der Wirt. »Das stimmt zweifellos, Aga. Wie wir bereits erwähnten, sind die meisten hier dagegen, und sie denken über nichts anderes nach, als darüber, wie sie den Ferman hintertreiben können. Insonderheit die Feinde des Staates, die bloß auf eine Gelegenheit warten, um den Staat des Sultans zu beschimpfen, die haben gleich das Maul weit aufgerissen.«

»Das liegt doch klar auf der Hand, die Schürzenjäger sind unzufrieden, weil sie jetzt den Frauen und Mädchen nicht mehr auf der Straße zuzwinkern können«, sagte ein Mann von kurzem Wuchs, der bis dahin noch nicht gesprochen hatte und nun unversehens vor Zorn rot angelaufen war.

»Von Staatsfeinden, Lustmolchen und Hurenböcken ist nichts anderes zu erwarten«, pflichtete ein anderer bei. »Die werden auf den Erlaß schimpfen, überdies Krokodilstränen vergießen und die Frauen und Mädchen bemitleiden. Doch vergessen sie dabei, was der Scheich-ul-Islam gesagt hat, daß nämlich gerade dieser Befehl die Frauen vor sich selbst rettet, will sagen, vor dem bösen Dämon, der sich in ihrem Körper eingenistet hat.«

»Das sind Heuchler«, erklärte da der Langgesichtige, der eine so unbewegte Miene aufgesetzt hatte, daß Hadschi Milet überzeugt war, der Schlaf hätte ihn überwältigt. »Es ist keineswegs an dem, daß ihnen die Frauen leid tun, sie machen sich nur zu deren Fürsprecher, weil sie die Zerstörung des Staates wollen. Bekanntlich geht ja der sittliche Verfall von den Frauen aus, und wenn man nicht Maßnahmen ergriffe, würden der Verfall und die Verderbnis, die hierzulande noch herrschen, allmählich bis zu uns vordringen. Unsere Frauen und Mädchen würden verlangen, ebenso wie die Giaurinnen keinen Schleier zu tragen, und die Welt geriete aus den Fugen.«

»Gott beschütze uns!« seufzte der älteste der Herbergsgäste.

»Jetzt wird Ruhe einkehren«, fuhr das Langgesicht fort. »Wenn sich die Frauen nicht verhüllen, sind die Männer von vornherein reineweg irre und toll. Auch Krieg und Rebellion wird es seltener geben, man weiß ja, daß es die Frauen sind, die die Welt ins Chaos stürzen, so, wie es vom Mond heißt, er wühle die Meere auf.«

»Möge dein Mund Honig essen!« sagte der Alte.

»Ja, so liegen die Dinge«, bekräftigte das Langgesicht. »Sie gedeihen immer besser. Und du, der du die Schleier gebracht hast«, er richtete das Wort an Hadschi Milet, »du hast eine große Wohltat vollbracht. Der Segen der Frauen wird dir in diesem und im nächsten Leben gewiß sein.«

Alle wandten ihr Gesicht dem Hadschi zu, dem einzigen am Tisch, der noch keinen Mucks von sich gegeben und der ein Weilchen geglaubt hatte, man habe ihn vergessen. Geraume Zeit sprachen sie nur über ihn als den Helden des Tages. Hadschi Milet schoß die Röte ins Gesicht. Nie zuvor in seinem Leben hatte er derartige Lobesworte, so wohlgesetzt, zu hören bekommen, zumal noch von so klugen Männern. Sie hatten ihn nicht nur als Vorreiter dieser amtlichen Mission, als unermüdlichen Schleierüberbringer bezeichnet, sondern weit mehr als das. Für sie war er ein Kurier des Islam, ein Ruhespender, der die bösen Dschinn in Schlaf versetzt, und dergleichen mehr. Aber Hadschi Milet war weniger wegen dieser verwirrenden Beinamen errötet, als vielmehr der Undankbarkeit wegen, die ihn kurz zuvor beschlichen hatte, als er sich widerwillig an diesen Tisch gesetzt und mit noch größerem Widerwillen einem Teil ihrer Gespräche über die Schleier zugehört hatte. Warum nur mochten diese Gereiztheit und dieser wahnwitzige Eigensinn über ihn gekommen sein? Um ein Haar wäre er aufgestanden, um von diesem Tisch zu verschwinden, hätte er das Gute mit Füßen getreten, gewiß vom Teufel angestachelt. Denn nur der Teufel hatte ihm ins Ohr wispern können, er solle den Tisch verlassen, zu dem ihn das gütige Schicksal selbst geführt hatte und an dem er zum erstenmal in seinem Leben neben so hochgestellten und frommen Männern saß.

Der Teufel und die Frauen... Das also hatten ihre unverschleierten Gesichter angerichtet! Tagelang hatten sie sein seelisches Gleichgewicht durcheinandergebracht, ihn verwirrt, in Versuchung geführt, dunkle Gedanken hatten sein Gehirn durchzuckt wie Blitze aus der Hölle, Einfälle, die einen Menschen in den Abgrund stürzen konnten.

Wie gut, daß der allmächtige Sultan diese Hälse, diese Haare und diese Augen verhüllen würde, die zwar engelhaft wirkten, aber den Untergang der Welt bedeuteten! Als er ihnen zum erstenmal begegnete, wäre er selbst beinahe zuschanden geworden. Er hatte den Erlaß des Herrschers in Zweifel gezogen, es fehlte nicht viel, und er hätte die Schwelle der Rebellion gegen den Staat, dessen gehorsamer Beamter er war, überschritten.

Allah beschütze mich! dachte er. Allah hatte ihn tatsächlich beschützt. Haarscharf am Rande des Abgrunds hatte er ihn gerettet, indem er ihn in diesen Han und an diesen segensreichen Tisch führte. Gleich nach seiner Rückkehr würde er zum Alten Derwischkloster gehen, auch zur Türbe des Derwischs Ali, um sich vom Hexenwerk des Bösen zu befreien. Und er würde regelmäßig beten und es niemals versäumen, fünfmal täglich die Apteswaschung zu verrichten, wie es sich für jeden gläubigen Muselmanen geziemt.

Es war spät, als die Gäste sich endlich erhoben, um schlafen zu gehen. Sie wünschten einander eine gute Nacht, wobei sie die rechte Hand auf das Herz legten.

»Gute Nacht!« erwiderte der Hadschi bewegt.

Glücklich und von allen Zwängen befreit, begab er sich in sein Zimmer. Vor dem Schlafengehen betete er länger als sonst, murmelte alte, seit langem nicht mehr gesprochene Gebete, und dennoch war sein Schlaf unruhig wie in den vorangegangenen Nächten. Er träumte immer wieder von einem gelben Mond, der die Oberfläche des Marmarameeres, die einem Rücken glich, blutig kratzte. Mehrmals wachte er auf, sagte »Gott möge mich beschützen!« und schlief wieder ein. Am Morgen war sein Kopf bleischwer.

VIII

Es wurde von Tag zu Tag kälter, und der Himmel wölbte sich immer höher, als wolle er sich verächtlich vom Treiben der Welt zurückziehen.

Hadschi Milet zog mit seiner Karawane zurück durch Städte und Dörfer Albaniens und ließ einen Ort nach dem anderen hinter sich. Die Mulis liefen, nun unbeladen, schneller, es gab auch keinen Geleitschutz mehr, der das Tempo verlangsamt hätte, und ihm selbst kam der Weg nunmehr, da er sich seelisch geläutert fühlte, leichter vor.

Zuerst in der Stadt Durrës, später in Elbasan, vor allem aber in Ohrid fiel ihm auf, daß Frauen auf den Straßen seltener zu sehen waren. Anscheinend hatte man mit der Durchführung des Erlasses begonnen. In seinem Herzen spürte er einen leisen Knacks. Er hatte nämlich, wer weiß warum, geglaubt, daß die Anwendung später, erst nach seiner Heimkehr, anfangen würde, so daß er keine Gelegenheit hätte, die Auswirkungen mit eigenen Augen zu sehen. Doch die Maßnahmen waren bereits im Gange. Und es lag ja nahe, daß sie in den Städten, wo der Schleier-Ferman eher eingetroffen war, auch zuerst begonnen wurden.

Je weiter er zog, um so seltener waren Frauen zu sehen. Dies wird ein Herbst ohne Frauen sein, dachte er. Auch der Winter würde ohne sie ins Land gehen.

Und nach diesem alle weiteren Winter und alle Sommer gleichfalls.

Hadschi Milet versuchte, derlei Gedanken zu verscheuchen, vermochte es jedoch nicht. Die Welt erschien ihm kalt und trostlos – wie bei einer Sonnenfinsternis. Alles wirkte wie abgestorben. Sogar die wenigen Frauen und Mädchen, die hier und da auftauchten, wirkten kalt. Die Männer waren ebenfalls bedrückt. Eiseskälte und ödes Grau spiegelten sich auch auf ihren Gesichtern wider.

Hadschi Milet fühlte, daß ihn jene Seelenqual, von der er nur mit Mühe losgekommen war, aufs neue befiel. Er versuchte, sich einige der Worte und Redensarten, die er an jenem Tisch im Han von Shkodra gehört hatte, in Erinnerung zu rufen, aber vergeblich. Die Gefährten jenes Abends erschienen ihm nur als Schemen; weit entfernt und traurig, wie Tote in einem Traum.

Wann immer er auf den Straßen einer Stadt auf unverschleierte Frauen oder Mädchen traf, dachte er, daß könnten womöglich die letzten sein, die er auf Erden zu sehen bekam. Und falls er als Karawanenführer noch einmal denselben Weg machte, würde er sie nicht wiederfinden. Die Menschen wurden schon traurig, wenn die Rosen verblühten oder die Lilien verwelkten, grämten sich, weil sie sie für ein paar Monate missen würden. Aber wenn man ihnen sagte: kommt und beweint diese Blumen, dies ist ihre letzte Zeit, denn Allah hat beschlossen, sie nicht mehr auf der Erde wachsen zu lassen! – was wäre wohl dann?

Genauso kam ihm jetzt das Verschwinden der Frauen

und Mädchen vor. Er mochte wieder hierherkommen, ganz gleich, ob mit einer Ladung Teppiche oder Gold, er würde sie nicht mehr vorfinden. Die Nacht würde sie alle verschlungen haben. Und diese Pest hatte er hergebracht.

Einige Male hatte Hadschi Milet versucht, die quälenden Gedanken zu vertreiben, indem er sich einredete, daß schließlich nicht er es war, der den Schleier-Ferman erlassen hatte, daß er ja nichts weiter war als ein kleiner Beamter, ein einfacher Karawanenführer, der nur das tat, was man ihm befahl. Aber gegen diese Ausflüchte, die sein Verstand billigte, wehrte sich sein Herz. Eine innnere Stimme sagte ihm: Es war kein Zufall, daß man gerade dich ausgewählt hat, das Unheil herzubringen. In seiner Seele, die mit solchen Qualen nicht vetraut war, nahm das Gefühl der Schuld gewaltige Ausmaße an. Es war eben doch er und kein anderer, der diese *Sünde* begangen hatte, der den schwarzen Vorhang vor Dörfern und Städten zugezogen hatte, er, ein Dämon mit einem schwarzen Band um die Stirn, ein Unhold, der den Mond verdunkelt, die Frauen verhüllt hatte. Niemals würde ihn ihr Haß zur Ruhe kommen lassen. Er mußte sich beeilen, so schnell wie möglich diese Landstriche verlassen, sonst würden sie herausbekommen, wer er war und was er ihnen gebracht hatte, und dann würden sie ihn verfolgen, ihn einholen und erdrosseln.

Aber wenn sie ihn nicht einholten, würde ihr Fluch ihn dennoch erreichen. So dachte er, während er mit wunder Seele auf die Schornsteine der Städte blickte, die zurückblieben. Unter diesen Schornsteinen wurde sicherlich in allen zehn Sprachen des Balkans über einen einzigen Kummer, die Verschleierung, gesprochen. Zwei Arten von Verfinsterungen hatte es schon immer gegeben, Sonnen- und Mondfinsternis, und nun war eine dritte Art hinzugekommen, die Frauenverfinsterung. Die Welt geriet gänzlich aus dem Lot.

Eines Tages, als er halb wie im Schlaf auf dem schwankenden Rücken seines Maultieres saß, überkam ihn jäh ein Zittern. In der Ebene unter ihm leuchtete helles Kieselgeröll auf. Ach, das war ebendie Stelle, wo er auf dem Hinweg nach Herzenslust angefangen hatte zu singen. Und da, ein Stückchen weiter, zeigten sich auch das Rinnsal und der Brunnen, wo er *ihnen* das erstemal begegnet war. Jetzt war alles ringsumher einsam und verwaist. Und die Steinchen an der Wasserrinne und das Moos auf den Trögen waren kalt und grau.

Er stieg vom Maultier und ging mit steifen Schritten auf den Platz zu. Niemals hätte er gedacht, daß dem Wasser Einsamkeit ebenso anzumerken sein könnte wie einem verlassenen Acker oder Weinberg. Das Wasser hier war kalt, nicht angenehm kühl wie Brunnenwasser sonst, es schien kalt wie der Tod.

Er beugte sich nicht hinab, um zu trinken, sondern blickte nur nach rechts und links, als warte er darauf, daß sich die Frauen und Mädchen zeigten. Dann stellte er sich unwillkürlich vor, sie kämen wirklich langsam herbei, auch sie fremd und kalt, mit Schleiern vermummt, und er dachte: Nein! Sollen sie lieber gar nicht kommen, als daß sie so erscheinen – wie verwunschene Gespenster.

Er wandte sich vom Brunnen ab und machte sich auf

den Weg, der Karawane vorausschreitend. Noch war er keine hundert Schritt entfernt, da überwältigte ihn unvermittelt, als er am wenigsten damit rechnete, da er meinte, nun sei gleich alles vorüber, schluchzendes Weinen, wie er es noch nie erlebt hatte. Er wischte sich nicht die Tränen ab, tat nichts, um sich zu zügeln, sondern dachte nur: Gott sei Dank, daß die Mulis nichts verstehen!

Die Karawane setzte ihren Weg gen Osten fort. Das Reich der Frauen lag weit zurück. Hier nun erstreckte sich die Welt des jahrhundertealten Schleiers. Da gab es weder unverhüllte Frauen noch verwirrende Gedanken. Nur – er trat wie ein Fremdkörper in sie ein. Gott möge mich beschützen! dachte er mehrmals. Dann aber gerieten seine Sinne aufs neue durcheinander, als schüttele sie ein heftiger Wind. Wieder fiel ihm ein, was alles er in der letzten Zeit erlebt, gesehen und gehört hatte, und beinahe hätte er laut aufgeschrien: Verhülle die Sonne und den Mond, Padischah, verhülle die Sterne und das Meer, nur verhülle nicht *sie*!

Der Weg führte zur Küste des Marmarameeres. Die Hauptstadt war nun nicht mehr sehr weit.

»Verfluchter Erlaß!« sagte er plötzlich. Es war das erstemal in seinem Leben, daß er auf einen Befehl schimpfte.

Die stürmischen Böen bewirkten, daß der Meeresstrand breiter und öder aussah. Von den Sandkörnchen, kalt und lästig, schmerzten ihm die Lider. »Annulliere den Erlaß!« brüllte er laut wie einer, der die letzte Drohung ausstößt, bevor er mit dem Messer zusticht.

Die Karawane näherte sich Orman Çiftlik. Von weitem schon ließ sich das düstere Gehölz ausmachen. Schlimme Vorahnungen beschlichen Hadschi Milet. Ohne jemandes Gruß zu erwidern, ohne sich den Straßenstaub abzuklopfen, übergab er die Maultiere und ging in das Zimmer, in dem er die Nacht verbringen würde. Er legte sich gleich hin, doch er konnte nicht einschlafen. Eine Weile wälzte er sich hin und her, dann stand er auf, zündete die Petroleumlampe an, und bei ihrem gelblichen, traurigen Schein brach er abermals in Schluchzen aus.

IX

Man verhaftete ihn des Morgens in aller Frühe. Es war noch nicht einmal richtig hell, als sie an seine Tür klopften und – ohne ein Wort zu sagen, allerdings auch ohne Schubsen oder Zerren – seine vom Schlaf noch schlaffen Glieder in Ketten legten.

Mehr noch als er selbst, der so ohne jedwede Erklärung gefesselt wurde, wunderten sich die anderen ob seiner Ruhe und Gefügigkeit. Mit schlaftrunkenen Augen blickte er auf die Eisen, als könne er nicht begreifen, daß es seine Hände waren, die daran gekettet waren. Nur einmal fragte er: »Was habe ich denn getan?«

In seiner Stimme lag jedoch kein Vorwurf. Es war eher die Stimme eines Mannes, der, nachdem sein Rausch vorüber ist, wirklich wissen möchte, welche Dummheiten er in trunkenem Zustand angestellt hat.

»Das wirst du schon erfahren«, entgegnete einer der Häscher.

Jetzt, da er die Stimme vernahm, erkannte Hadschi Milet den Mann wieder, der zwei Monate zuvor, als er aus der Hauptstadt hier eingetroffen war und in der Nacht nach seinen Maultieren sehen wollte, gesagt hatte: »Dies hier ist ein sicherer Ort.«

Sie steckten ihn in eine geschlossene Kutsche, zusammen mit zwei Wächtern, die ihn nicht aus den Augen ließen. Der dritte Wächter, der die Kutsche bestieg, war der Oberaufseher. Er trug ein Begleitschreiben bei sich, in dem es hieß: »Bericht über den Verdacht gegen Hadschi Milet, Sohn des Rahim und der Hatice, Beamter im Versorgungsamt des Scheich-ul-Islam, nach zweimonatigem Dienst zurückgekehrt aus dem westlichen Teil des Reiches.

Heute, am 17. des laufenden Monats, wurde, gemäß den Satzungen unseres heiligen Staates, festgelegt im Geheimerlaß Nr. 31 und ergänzt durch das Rundschreiben Nr. 13 063, Hadschi Milet, Beamter im Versorgungsamt und dienstlich als Karawanenführer in die Gebiete beordert, auf die sich die obengenannten Anweisungen erstrecken, der nächtlichen Überwachung unterzogen.

Unter strikter Befolgung der unabänderlichen Festlegungen wurde, bevor die Überwachung des Verdächtigen begann, das Generalregister durchgesehen, und hinter seinem Namen befand sich unter dem Datum seiner ersten Durchreise in Orman Çiftlik folgende Anmerkung: ›Hat eine unruhige Nacht verbracht, ist zweimal aufgestanden und hat im Schlaf gesprochen, das läßt auf Gewissensbisse und Angst schließen. Zu beachten für die Nacht der Rückkehr.‹

Entsprechend den Satzungen des Staates und unter Berücksichtigung der obigen Eintragung haben mir unsere Späher nach Durchführung der entsprechenden Maßnahmen gegen Tagesanbruch gemeldet, daß besagter Hadschi Milet des Nachts nicht nur wiederum sehr unruhig war, was die Zweifel wegen seiner Gewissensbisse und Angst bekräftigt, sondern lange Zeit laut geschluchzt hat, ein Vorkommnis von äußerster Seltenheit, was uns mit Recht annehmen läßt, daß er dort, wo er sich aufhielt, feindliche Handlungen gegen den Staat begangen hat, Handlungen, die jetzt in seinem schuldbeladenen Gewissen Unruhe, Angst und Reue hervorrufen.

Nach Durchsicht des Überwachungsberichtes gab ich, gemäß den Satzungen, den Befehl, den obengenannten Hadschi Milet zu verhaften und unverzüglich in das Kaiserliche Untersuchungsgefängnis zu überführen.

Kommandant von Orman Çiftlik
Tahir Bekbey.«

X

Wo war er? Wieviel Zeit war vergangen, seit er hier in Ketten schmachtete? Die Zelle war schmal und lang, und die Mauern verengten sich zur Decke hin. Es blieb ihm unklar, ob das Zufall war oder ob der Architekt, der das Gefängnis entworfen hatte, die Decken der Zellen kleiner gemacht hatte als die Fußböden, in der Absicht, der Zelle die Form eines Sarges zu geben.

Stundenlang lag er reglos da und spürte, daß ihm Ameisen, unter den Ketten hindurch, über die Hände liefen. Einst, in seiner Kindheit, als er an einem Regentag mit seiner Mutter, Bündel in den Händen, unterwegs gewesen war, hatte er welche gesehen, die unter den Bögen einer großen Brücke so umherirrten.

Man hatte ihn ins Verhör genommen, nachdem man ihn nächtelang am Schlaf gehindert hatte, dann wieder, an einem anderen Tag, gleich nach dem Aufwachen, als er noch ganz benommen war von vielstündigem Schlaf. Man hatte ihn erneut verhört nach tagelangem Aushungern, dann wieder, nachdem man ihn aufs beste gespeist hatte. Mit Milde und mit Gewalt hatte man ihn verhört, hatte ihm die sofortige Freilassung versprochen und ihm gedroht, man würde ihm lebendigen Leibes die Haut abziehen, ihn zersägen, annageln, zu Wachs machen für Kerzen, wie sie die Christen auf ihren Gräbern an traurigen Novemberabenden anzünden.

Er antwortete nicht. Nachdenklich blickte er den Untersuchungsrichter Orhan an, der zum hundertstenmal in ihm Hoffnung auf baldige Freilassung wecken wollte, dann irrte sein Blick wieder ab.

»Rede, schlag nicht die Augen nieder!« fuhr ihn der Untersuchungsrichter an. Und die Fragen wiederholten sich in ermüdender Eintönigkeit.

»Was hast du *dort* gemacht? Wen hast du getroffen, was für Botschaften mitgebracht? Weshalb hat dich in jener Nacht in Orman Çiftlik das Gewissen geplagt? Warum hast du geweint?«

Orhan blickte ihm unverwandt in die Augen, auf die Lippen, denn ihm war, als würde sein Gegenüber jedesmal, sobald der Hagel der Fragen abbrach, leicht erzittern. Mehr als die endlosen Verhöre verdroß ihn jetzt das Gefühl, daß die Antwort da war, auf der Zungenspitze des Gefangenen lag, daß den jedoch etwas hemmte, eine kleine Hürde nur, schon brüchig, über die er, der Untersuchungsrichter, einfach nicht hinwegkam.

Dann wurde seine Stimme wieder sanft, einschmeichelnd.

»Du bist doch ein guter Mensch, Hadschi Milet. Nur gute Menschen quält das Gewissen, läßt sie Reue empfinden und bringt sie wegen ihrer Verfehlungen sogar zum Weinen. Und wenn du eine Schuld auf dich geladen hast, so geschah es gewiß unabsichtlich. Du bist aus Versehen in eine Falle geraten, warst wie in Trance. Wach auf, Hadschi Milet, und mach diesem Alptraum ein Ende! Sprich endlich!«

Doch noch immer sagte er nichts. Da fing der Untersuchungsrichter an, abermals zu toben, mehr um sich Erleichterung zu verschaffen, als den anderen einzuschüchtern, und er zählte ihm wiederum sämtliche Folterqualen auf: Er werde in der Kalkgrube schmoren oder zu den Skorpionen ins Loch geworfen, man werde ihn zersägen, verbrennen oder ihn schinden, nicht zu vergessen das Wachs für Kerzen auf Christengräbern in traurigen Novembernächten, das man aus ihm machen würde.

XI

Inzwischen war Hadschi Milets Familie, auch seine ganze Sippe, in großer Sorge. Es waren einfache Leute, die das erstemal in die Verlegenheit geraten waren, an die Türen von Staatsbeamten klopfen und auf kalten Fluren warten zu müssen, ohne irgendeine Auskunft zu erhalten.

Anfangs hatten sie gedacht, er sei verschollen. Die unterschiedlichsten Vermutungen und Gerüchte waren bald über ihn in Umlauf. Mal hieß es, er sei verrückt geworden und habe sich mitsamt seiner Karawane in einem Fluß ertränkt. Dann wieder kamen Gerüchte auf, Feinde des Staates hätten ihn umgebracht, einige mutmaßten, die Frauen hätten ihn in Stücke gerissen oder mit den Schleiern erwürgt. »Der Fluch der Balkanesinnen hat ihn getroffen«, meinten die Greisinnen der Sippe.

Als aber eines Morgens auf dem Hof ihres kleinen Hauses unerwartet der Untersuchungsrichter auftauchte, um eine Hausdurchsuchung vorzunehmen, begriffen sie sofort, daß der Hadschi im Gefängnis saß.

»Trotzdem, Gott sei Dank«, meinten sie erleichtert, »er ist am Leben.«

Den ganzen Winter verbrachten sie damit, Bittgesuche zu schreiben, an den Großwesir, an die Kanzlei des Scheich-ul-Islam, auch an den Sultan persönlich. Nirgendwoher kam eine Antwort.

»Verzagt nicht«, sagte Großmutter Merjeme, »verliert nicht die Hoffnung! Das Grab hat keine Tür, das Gefängnis hat eine.«

Hadschi Milet starb gegen Ende des Winters, bevor er der strengen Folter unterzogen wurde. Der Soldat der Wachgarde, der am Morgen seine Leiche vorfand, war anfangs ganz erschrocken. Er vermeinte, einen anderen vor sich zu haben, den sie statt des Hadschis in die Zelle geworfen hatten, sah er doch um den Kopf herum wie eine Frau aus. Als er dann aber den Körper umgedreht hatte, erkannte er ihn. Er war es tatsächlich, nur hatte er um den Kopf und einen Teil des Gesichtes ein schwarzes Tuch geschlungen, so, wie die Frauen den Schleier anlegen.

Der Wachsoldat blieb eine geraume Weile reglos stehen, ohne seinen Blick von dem erdfarbenen Gesicht des Toten abzuwenden. Zwei Ameisen tummelten sich um den geschlossenen Mund des Toten, sie hielten einen Augenblick inne, um sich dann auf die Lippen zuzubewegen, als wollten sie hineinkrabbeln, dann aber, nachdem sie sie gestreift hatten, ließen sie davon ab, um ihr sinnloses Hin und Her fortzusetzen.

XII

In derselben Woche, in der man Hadschi Milets Körper in eines der Massengräber in der Umgebung der Hauptstadt warf, wo er mit zum Tode Verurteilten, wahnsinnig gewordenen Waisen und den Leichen Unbekannter verscharrt wurde, fand im Palast des Sultans eine Zusammenkunft der Regierung statt, auf der der Scheich-ul-Isalm in Anwesenheit des Sultans über die Ausführung des Schleier-Fermans in den westlichen Gebieten des Reiches Bericht erstattete.

Es war bald ein Jahr her, seit »der ruhmreiche Erlaß«, wie er ihn nannte, ergangen war, und es war fast ein halbes Jahr vergangen, seit die erste Schleierkarawane in jene Gebiete aufgebrochen war. Von da an, so fuhr der Scheich-ul-Islam fort, hätten weitere Karawanen, eine nach der anderen, über zwanzig Millionen Schleier in die Länder des Balkans und darüber hinaus transportiert. So sei nunmehr mit Allahs Hilfe und im Gegensatz zu den unheilverheißenden Prophezeiungen gewisser Personen eine der glorreichsten Wohltaten, die während des letzten Jahrhunderts im unsterblichen Osmanischen Reich in Angriff genommen worden waren, erfolgreich beendet.

Aus den Augenwinkeln blickte der Scheich-ul-Islam während einer Pause zwischen zwei Absätzen zu jener Seite des Saals, wo die albanischen Wesire saßen, finster, das Kinn auf die Handflächen gestützt. Alle wußten, daß diese, zusammen mit ihrem Clan, aufs neue aufbegehren würden, daß die Zeit ihrer Erlasse wiederkommen würde, dann würden ihre rötlichen Bärte zornig wie Feuer aufleuchten, Zeiten erneuten Falls und Niedergangs würden dann anbrechen und bis zum nächsten Aufstieg dauern, und so immer weiter und so immerdar, wie es stets an der Spitze des Osmanischen Reiches war und sein würde bis in alle Ewigkeit. Sie wußten dies, deshalb waren sie nie darauf erpicht, sich in der Phase des Niedergangs gegen sie zu erheben, wie sie sich ihnen auch während des Aufstiegs nicht anschlossen.

Die Stimme des Scheich-ul-Islam schwoll an und ebbte wieder ab vor Anstrengung, wenn die Sätze zu lang waren für seine altersschwachen Lungen. Der Islam könne nun beruhigt sein, berichtete er. Die Frauen von Griechenland, Albanien, Zypern und Rumänien, von Serbien, Bulgarien, Bosnien, Mazedonien und Montenegro, ebenso die Frauen derjenigen Gebiete Polens, der Krim, Ungarns und Österreichs, die sich unter osmanischer Herrschaft befanden, waren verschleiert.

»Eine Unternehmung in solch gigantischen Ausmaßen konnte nur eine gewaltige Großmacht wie unser Staat bewältigen«, fuhr er fort.

Für ein paar Augenblicke hielt er inne, dann wandte er sein Gesicht dem Sultan zu.

»Ich bin glücklich, heute dem großmächtigen Sultan, dem Statthalter des Propheten auf Erden, vermelden zu können, daß alle Frauen und Mädchen des größten Reiches der Welt unter dem Schleier sind.«

Er machte eine Handbewegung, als wäre das Meer der Schleier, schwarz sich blähend und schier unendlich, dort, zu seinen Füßen, der Sultan indes, der die Geste mit den Augen verfolgte, wiegte langsam den Kopf, während seine Lippen flüsterten: »Aferin! Vortrefflich!«

Die Festkommission

I

Ich, Mahmud II., Sultan und Kalif, Enkel und Urenkel von Königen, der neunzehnte Kaiser aus der Dynastie Osman, Herrscher der Welt, dessen Staatsgewalt und Kalifenwürde bis ans Ende aller Tage bestehen wird, erlasse in Istanbul, meiner glücklichen Hauptstadt, den folgenden allerhöchsten Ferman:

Jetzt, da in einem heiligen, königlichen Krieg auf albanischem Boden die großen Aufrührer Kara Mahmud Bushatlliu, Kari Ala Tepelena, Kara Mustafa Bushatlliu, Kara Kurt Berati und weitere, einer nach dem anderen, vom Antlitz der Erde getilgt und für gesetzlos erklärt sind, jene großen Herren, einst mit der Paschawürde angetan, die vierzig Jahre lang nicht ruhen wollten, das ruhmreiche albanische Land von der mit ewiger Glorie erfüllten Welt des Islam loszureißen, die sich erdreisteten, wider uns aufzubegehren gleich dem Sohne, der wider die Mutter die Hand erhebt, jetzt also, da diese undankbaren Frevler zuschanden sind, zu Staub und Asche geworden durch meinen heiligen kaiserlichen Zorn, reiche ich Albanien, reiche ich seinen vier Wilayets meine Hand zur Versöhnung.

Gestern erhielt auf mein kaiserliches Geheiß der alte Wahlspruch des Hauses Osman »Albanien – meine Wonne« wieder seinen Ehrenplatz auf dem Register der Regierungsgeschäfte; wie eine Fackel soll er alles mit seinem Licht überstrahlen, was fürderhin mit diesem unserem Land verbunden ist. Ich geruhe daran zu erinnern, daß sogleich nach der Unterdrückung der Rebellion in den großen Paschaliks Albaniens mir höchstselbst viele Vorschläge, die weiteren Geschicke dieses Landes betreffend, zugegangen sind. Da gab es etliche, die verlangten, Albanien solle dreimal verdammt werden vom Oberfluchmeister des Staates, und danach solle es zur »verwünschten Erde« erklärt werden. Andere meinten, das Heer solle dieses Land übernehmen, wieder andere schlugen vor, man möge es dem Ministerium des Inneren überantworten. Einige gar forderten die allerstrengste Bestrafung für dieses Land: das »Kra-Kra«.

Ich jedoch sagte, nachdem ich alle Vorschläge angehört und wohl erwogen hatte, die uns von überallher aus den Weiten unseres endlosen Reiches, aus seiner Linken und seiner Rechten, aus dem asiatischen sowie aus dem europäischen Teil, von hohen Würdenträgern und armseligen Untertanen zugingen, ich also, sobald ich einen nach dem anderen reiflich bedacht hatte, sagte: Nein, und abermals nein! Ohngeachtet des vierzigjährigen Ungemachs, das es über uns gebracht, soll Albanien das bleiben, was es war: eine bevorzugte Provinz in unserem Land, ein Edelstein in der Krone des Osmanischen Reiches.

Darum gebot ich also, es sollten aufgehoben werden alle die Dekrete, die in der letzten Zeit in höchster Erregung gegen dieses Land beschlossen wurden, und erlasse nun den einzigen allerhöchsten Ferman, den ich hiermit heute unterzeichne und in dem ich befehle:

Erstens: Es werde eine allgemeine Amnestie für alle Häupter Albaniens verkündet, die auf diese oder jene Weise Unbotmäßigkeit gegenüber der kaiserlichen Macht gezeigt haben oder die, vom Scheitan getrieben und von den aufrührerischen Paschas aufgewiegelt, gar die Waffen gegen uns erhoben haben.

Zweitens: Um die alten Beziehungen zu Albanien wiederherzustellen, jetzt, da die verruchten Anführer zuschanden sind und in den Staub getreten, soll eine große Versammlung in der gesegneten Stadt N. durchgeführt werden. Dahin sollen die fünfhundert Oberhäupter jenes Landes geladen werden: Stammesfürsten und Bannerträger, Heerführer und Volkstribune, Ratsherren und Älteste, Schiffskapitäne und auserwählte Gefolgsleute, Lehnsherren und andere.

Auf dieser großartigen Versammlung sollen bedeutsame Gespräche mit diesen Häuptern geführt werden, mit dem Ziel, daß auf ewige Zeiten Friede herrsche in diesem Teil des großen Osmanischen Reiches, daß Albanien von nun an zu einem Paradies werde am Ufer des Adriatischen Meeres.

Süß ist allemal der Frieden, süßer aber dünkt er uns nach der Bitternis des Krieges. Es sollen alle Maßnahmen getroffen werden, daß man die ruhmreichen Oberhäupter empfange, wie es ihrem Range und wie es der tausendjährigen Ehre des uralten albanischen Bodens gebührt. Alle erforderlichen Zeremonien und Ehrungen, Bankette und musikalischen Darbietungen sollen stattfinden. Es darf weder an gutem Willen fehlen, noch ist mit den Geldern zu sparen. Sämtliche Kosten werden von der kaiserlichen Kasse getragen.

Zum Vorsitzenden der Zentralen Festkommission wird Muhardar Ali Oğlan Pascha ernannt. Die Mitglieder der Zentralen Festkommission sowie die Vorsitzenden der Unterkommissionen, wie auch deren Mitglieder, werden durch einen besonderen Erlaß verkündet.

Mahmud II., Sultan, Kalif und großmächtiger Imam, Herr der Welt.

(Kopiert von Ibrahim, Allahs ergebenem Knecht)

Die Einladungen mit dem Siegel und den Insignien des Sultans wurden in den Amtsstuben des Kaiserlichen Protokolls ausgefertigt. Eine Vielzahl von mittleren und höheren Beamten war mehrere Tage mit der Abfassung des Wortlautes beschäftigt. Von den Amtsstuben des Protokolls wurde der Text an das Außenministerium und von da in den Palast des Scheich-ul-Islam gesandt. Dort sollte die endgültige Bestätigung erfolgen. Mit den Bemerkungen der Beamten des Scheich-ul-Islam versehen, kam er zurück zum Außenministerium, das ihn seinerseits wieder an das Protokollamt überwies. Erst danach gelangten die fünfhundert Einladungen an die Kammer für Siegel und Dekrete, damit sie dort ausgeschrieben würden.

Die Ausfertigungen der Einladungen war nun auch der schwerste Teil der Aufgabe. An die siebzig Beamte machten sich an die Arbeit, die Namen und Titel der Geladenen einzutragen. Manchmal waren die Schwierigkeiten, die sich auf Schritt und Tritt auftürmten, so recht zum Verzweifeln. Tagelang liefen die Beamten der Kammer für Siegel und Dekrete umher, treppauf, treppab, von den Amtsstuben des Protokolls zum Zentralarchiv und vom Zentralarchiv zum Außenministerium. Dennoch ging die Arbeit nur schleppend voran. Es nützte so gut wie gar nichts, daß im Hauptregister des Protokollamtes unter den 11603 höchsten Würdenträger des Reiches nicht weniger als 497 albanische Oberhäupter figurierten. Nach vierzig Jahren Kämpfen und Unruhen in Albanien hatte das Vergessen, hatten die weite Entfernung und die Abkühlung der Beziehungen ihr Werk getan. Die überwiegende Mehrheit der albanischen Oberhäupter war schon lange nicht mehr zu den kaiserlichen Festlichkeiten erschienen. Bei einigen, die es durch die Unbilden der Zeit in alle Winde verschlagen hatte, wußte man nicht, wo sie sich befanden, ein Teil war umgebracht worden, andere waren gestorben, wieder andere hatten seit langem keinerlei Lebenszeichen von sich gegeben – hinter dem Nebel, der ihr Land bedeckte. Aus allen diesen Gründen hatten die Behörden des Kaiserlichen Protokolls, besonders aber das Amt des Hauptregisters, das sich mit der Elite des Reiches zu befassen hatte, nahezu jegliche Verbindung zu ihnen verloren.

Als der Vorsitzende der Behörde, Kogo Feyzullah Efendi, den Befehl zur Zusammenstellung der Liste der Geladenen erhielt, erlitt er einen Herzanfall. Dennoch machten sich seine Mitarbeiter ans Werk, mit jenem besonderen Eifer, der aus der Verzweiflung erwächst. Mit dem veralteten Verzeichnis von ehedem in der Hand suchten einige von ihnen stundenlang in der Kammer für Siegel und Dekrete unter der endlosen Flut der verschiedenen Verlautbarungen, Befehle und Schriftstücke nach irgendeinem Namen aus der Liste. Andere taten ein gleiches in den Räumen des Kriegsministeriums, in den Redaktionen der großen hauptstädtischen Zeitungen und in den Sälen des Zentralarchivs.

Schließlich konnten sie Spuren einer Handvoll von

denen, die auf der Namensliste verzeichnet waren, aufdecken. Doch das waren nur ganz wenige. Zu den anderen Namen hatte man so gut wie nichts in Erfahrung gebracht. Das kam daher, daß man seit langem die alten Listen nicht mehr überprüft und die Namen derer, die die verstorbenen oder verschollenen Oberhäupter ersetzt hatten, nicht mehr eingetragen hatte.

Nach zwei Wochen fruchtloser Nachforschungen wurde beschlossen, Sonderkuriere nach Albanien zu entsenden, die an Ort und Stelle die Namen und Titel der jetzigen Oberhäupter in Erfahrung bringen sollten. Schlimm war nur, daß in der Zeit der vierzig Jahre währenden erdbebenartigen Erschütterungen, die die vier großen albanischen Paschaliks zerschlagen hatten, Dutzende von kleinen Paschaliks entstanden waren sowie eine noch größere Anzahl von Lehnsherrschaften und kleinen unabhängigen Gebilden, die die Zentralmacht nicht anerkannten. Alle ihre Führer waren, obgleich ihnen die allgemeine Amnestie Straffreiheit gewährte, der Hauptstadt ferngeblieben, und so waren ihre Namen und Titel den Protokollbehörden gänzlich unbekannt. »Albanien«, so sagten die Beamten des Protokolls, wenn sie am kühlen Morgen im Erdgeschoß ihres düsteren Gebäudes ihren Salep tranken, »verhüte Gott, daß man damit zu tun bekommt! Da fallen Namen und Titel schneller als das Laub im Herbst.«

Während man noch auf die Rückkunft der Kuriere wartete, kam der zweite Befehl aus der Kanzlei des Sultans, der eine Beschleunigung der Vorbereitungsarbeiten für das Fest forderte. Nun mußten Kogo Feyzullah Efendis Untergebene wohl oder übel die Liste zusammenstellen und sie, so ungenau sie sein mochte, bebenden Herzens wieder in der Kammer für Siegel und Dekrete abgeben.

Nahezu die Hälfte der Einladungen war ausgeschrieben, als die Kuriere der Reihe nach wieder eintrafen. Als endlich alle beisammen waren und die Einladungen ausgefertigt vorlagen, mußte man feststellen, daß die neuen Angaben, die die Kuriere mitgebracht hatten, gar nicht mit dem übereinstimmten, was auf den Einladungen geschrieben stand. Es schien, als hätte ein irrer Wind dort im fernen Albanien alles durcheinandergewirbelt – Namen und Titel und überhaupt alles.

Da führte der Vorsitzende des Protokollamtes ein Geheimtreffen mit dem Aga von der Kammer für Siegel und Dekrete und mit dem Außenminister durch, um die Lage zu erörtern. Die drei beschlossen, daß sie, ohne den Herrscher im mindesten zu beunruhigen, die bereits ausgefertigten Einladungen vernichten und sie durch neue ersetzen wollten. Und so geschah es dann auch. Sie arbeiteten Tag und Nacht, und alles wurde fertig. Lange Zeit zermarterten sie sich den Kopf darüber, was sie mit den alten Einladungen tun sollten. Solche Schriftstücke aufzubewahren war verboten, sie zu verbrennen stand unter Strafe, denn auf ihnen prangte das Wappen des Sultans. Da kamen sie überein, die Dokumente in kleine Stücke zu zerschneiden, dabei das Wappen zu entfernen, und sie dann zu vernichten.

Das Zerschneiden war anstrengend, denn sie mußten es eigenhändig ausführen und durften es keinem anderen anvertrauen – der Außenminister persönlich, der Chef des Protokolls und der Aga von der Kammer für

Siegel und Dekrete. Die Einladungen waren aus starkem Karton, immer wieder blieb die Schere stecken, die Hände taten ihnen weh, die Finger wurden steif wie von der Gicht, und sie wurden ganz nervös dabei. Ab und zu ließen sie dann die Schere sinken und versuchten es mit dem Messer. Zuerst stachen sie mit ihrem Dolch ein Loch, dann schlitzen sie die Einladungen in zwei, in vier Teile. Während der ganzen Zeit murmelte der Außenminister vor sich hin: »Allah! Allah!«

Als endlich alles vollbracht war, sah er wachsbleich im Gesicht aus.

Vierzig Kuriere brachen von der Hauptstadt Istanbul auf, um die kaiserlichen Einladungen nach Albanien zu bringen. Früh am Morgen hörte man in der Umgebung der Hauptstadt den Hufschlag ihrer Pferde auf dem froststarren Boden, hier und da zersplitterte die dünne Eisdecke, die sich auf den Regenlachen der Hauptverbindungsstraße gebildet hatte.

Die imposante Schar der Kuriere in ihren schwarzen Dienstuniformen durchmaß in vier Tagen die schier endlose Heerstraße, die von Asien nach Europa führte. Sie glich einer dunklen Wolke, und die roten Tressen auf dem schwarzen Tuch der Uniformen sahen aus wie schlafende Blitze.

Voller Angst und Schrecken verfolgte man in den Dörfern und Städten zu beiden Seiten der Straße jenes Hufgetrappel, während die Regierungsbeamten der Sandschaks und Paschaliks, ja sogar der Wilayets erleichtert aufatmeten, wenn sich die schwarze Wolke der Kuriere wieder entfernte, weg, zu den Nachbarn.

So gelangten sie wie ein düsterer Rauchschwaden bis hin zu den Grenzen Albaniens. Dort teilten sie sich in kleinere Trupps auf, und dann in noch kleinere Grüppchen, bis jeder für sich blieb und mutterseelenallein dem einen Manne zustrebte, dem er die Einladung zu überbringen hatte.

Einige von ihnen setzten die Reise zu Pferde fort, bis sie an ihr Ziel gelangten, andere mußten, um den Eingeladenen zu erreichen, zu Fuß oder in einem Boot, bei den entferntesten sogar auf Schneeschuhen weiterziehen.

Das Verteilen der Einladungen währte einige Tage. Schließlich, nach anderthalb Wochen, machten sich die Kuriere, einer nach dem anderen, auf den Weg zurück in die Hauptstadt. Von den 497 Einladungen waren 493 übergeben worden. Vier der Kuriere kamen nicht wieder. Einer wurde erschlagen in einer alten Herberge mit dem merkwürdigen Namen »Rasthaus zu den zwei Roberts« gefunden, ein anderer war in eine Pestquarantäne geraten und mitsamt der Einladung dort geblieben, zwei blieben verschollen – bei einem der beiden argwöhnte man, er sei in die Länder der Ungläubigen geflohen, vom zweiten wußte man absolut nichts.

Während die fieberhafte Arbeit an der Ausfertigung und dann an der Verteilung der Einladungen noch in vollem Gange war, hatte Muhardar Pascha die Zusammensetzung der Zentralen Festkommission bekanntgegeben. Zu ihr gehörten außer den sechs Mitgliedern auch die Vorsitzenden der Unterkommissionen. Die waren fünf an der Zahl: Die Politische Unterkommission, die sich mit den Problemen der Unterredungen befassen sollte, die Reden und Repliken, einen Entwurf über die Beziehungen, das Schlußkommuniqué und anderes mehr fertigzustellen hatte – an ihrer Spitze stand ein hoher Würdenträger vom Außenministerium, Delikalibaş Bey, sodann die Unterkommission für die musikalischen Darbietungen, die von Aga Leichtfuß geleitet wurde, die dritte Unterkommission, angeführt von Alaga Guyvabmeroviç, die sich um die tägliche Versorgung mit Speisen und Getränken sowie um die Ausstattung der Bankette und amtlichen Essen zu kümmern hatte, der Unterkommission für Hotels und Hane oblag es, für die Unterbringung der Gäste und ihrer Pferde zu sorgen, geleitet wurde sie von Hadschi Hazır, und schließlich gab es noch die Unterkommission für die Zeremonien und amtlichen Bankette; an ihrer Spitze stand Nuh Efendi, ein alter Beamter aus dem Protokollamt.

Als man die Zusammensetzung der Kommission erfahren hatte, waren sich alle darüber einig, daß Muhardar Pascha eine starke Truppe beisammen hatte, Männer mit großer Erfahrung, die sich so manches Mal bei derlei staatlichen Angelegenheiten, ob aus freudigem, ob aus traurigem Anlaß, bewährt hatten.

Gleich nach Bekanntgabe der Zusammensetzung der Zentralen Kommission fand auch schon ihre erste Zusammenkunft statt, auf der Muhardar Pascha eine bedeutsame Rede hielt.

Nachdem er eine kurze Darstellung der Geschichte der Beziehungen mit Albanien gegeben hatte, in der die beiderseitigen Fehler (genauso sagte er es, und das war eine neuartige, nie zuvor verwendete Formulierung), in der also die beiderseitigen Fehler oftmals wahre Stürme von – Gott sei's geklagt! – mit Blutvergießen verbundenen Mißverständnissen ausgelöst hatten, sprach der Pascha von dem Wunsch der Hohen Pforte, daß von nun an in den Beziehungen zu Albanien eine neue Ära des Friedens anbrechen solle. Das, so fuhr er fort, sei die einzige Politik, die mit den Interessen des osmanischen Staates im Einklang stehe, und die Kaiserliche Regierung sei fest entschlossen, sie endgültig zu verwirklichen. Nun gebe es ja Menschen, meinte der Pascha weiter und warf (von dem zwei Handbreit über deren Köpfen befindlichen Podest) einen drohenden Blick auf seine Zuhörer hinab, nun gebe es Menschen, die die Politik des Reiches gegenüber Albanien für zu zahm hielten, die nichts als eine Verschärfung der Konflikte und einen offenen Streit mit diesem Land forderten. Die Augen des Vortragenden wurden ganz klein, als könnten sie so die Augen der Zuhörer besser durchbohren. Diese Menschen aber sollten wie alle anderen Provokateure wissen, daß die Regierung diesmal mit unerbittlicher Strenge gegen alle diejenigen vorgehen werde, die sich unterstehen sollten, offen oder insgeheim die Entspannung mit Albanien zu behindern.

Dann ging er dazu über, von dem bevorstehenden Fest zu sprechen, und alle atmeten erleichtert auf. Und überhaupt, Muhardar Pascha mit dem runden, friedlichen Gesicht stand es viel besser an, von Gastmählern und musikalischer Unterhaltung zu sprechen, als strenge Worte zu gebrauchen und Drohungen auszustoßen. Er sagte, das werde ein großartiges Versöhnungsfest werden, wie man noch nie eines erlebt habe; dann sprach er vom guten Willen und von der Großherzigkeit, die die Pforte werde walten lassen – und die möge doch nur ja keiner für Schwäche halten! –, und von den zahllosen Beratungen, die zwischen den Lustbarkeiten stattfinden würden, dergestalt, daß keine Frage, sei sie aus der Sphäre der Politik, der Wirtschaft oder der Kultur, offen bleiben und sich später zu einer schleichenden Pest entwickeln möchte. Unter anderem hob der Pascha zweimal hervor, daß die Eröffnung der Festlichkeiten für den 31. März vorgesehen sei und daß dieses Datum unverrückbar feststehe, denn es sei von symbolischem Charakter.

Schließlich verkündete er in das Schweigen hinein, das nun noch tiefer wurde, der Herrscher selbst habe ihn am Tage zuvor empfangen und ihm zu verstehen gegeben, daß alle für die Abhaltung dieses Festes mit ihrem Kopf hafteten. Und dabei führte Muhardar Oğlan Pascha den Handrücken an seinen Hals. Mit dieser Geste, die er mit ebenso einfacher Selbstverständlichkeit vollzog, wie es die Barbiere und Kaffeeköche in ihren alltäglichen Gesprächen tun, löschte er gleichsam mit einem Schlag die festlichen Lüster in ihren Augen und zündete dort ein paar dünne Kerzen an, deren Flackern sich ängstlich in der feuchten Kühle der Nacht verlor.

Wie sie angefangen hatte, ging die Versammlung zu Ende – in Schweigen. Keiner stellte eine Frage, und niemand verlangte auch nur die mindeste Erläuterung.

II

Die Stadt N. erstreckte sich weit ausgebreitet auf einem öden Plateau. Trotz ihrer ansehnlichen Größe wirkte sie trist und glanzlos. Es nieselte, und die dünn zulaufenden Spitzen der Minarette, die Kuppeln des Hammams sowie der schlanke Uhrturm – das waren die höchsten Punkte der Stadt – reckten sich gleichgültig gen Himmel. Den ganzen Sommer hindurch und auch einen Teil des Frühjahrs, an heißen und sonnigen Tagen, mochte es scheinen, daß sie sich der Aufmerksamkeit der Menschen ein wenig entzogen, und ohne Zweifel verloren sie dann etwas von ihrer Höhe und Gewichtigkeit. Doch wenn die feuchten Herbsttage kamen, der Himmel aschgrau verhangen war, die Vögel seltener wurden, dann hoben sich die Türme wieder, ebenso wie im Vorjahr, düster erhaben und mit einem noch größeren Machtanspruch vom trüben Horizont ab. Und die Menschen, die unter ihnen mit einem leichten Schuldgefühl vorbeihuschten, sagten bei sich: Allah, wieder ist ein Jahr vergangen.

Die Schwärme der Vögel, die das Erhabene der Türme ebenso empfanden wie die Menschen, streiften von den Minaretten zum Hammam und von da zum Uhrturm. Manchmal beschmutzte ihr Geschmeiß, wenn es, vom Wind abgetrieben, schräg gegen das Zifferblatt fiel, auch die Zeiger, und zweifellos wurden diese davon etwas schwerer, so daß Mulla Muhib, der Uhrwärter, einmal in der Woche den Turm erklimmen mußte, dabei alles Federvieh dieser Welt verfluchend, das keinen Funken Anstand besitze und seinen Kot sogar da fallen lasse, wo der Mensch nicht einmal seine Gedanken hinzuführen wage.

Die Uhr droben am Turm war überall in diesen Gegenden des Reiches berühmt, nicht ihrer Ganggenauigkeit oder ihrer Form wegen, sondern weil es die letzte Uhr war, die die Zeit nach den heiligen Gesetzen des Islam angab. Weiter entfernt, bis hin zu den Landesgrenzen, gab es überhaupt keine Uhren, jenseits der Grenze aber fingen die Zeitmesser des verfluchten Europa an, die die Stunden verkehrt herum anzeigten, so wie alles in den Ländern der Giaurs völlig verdreht war. Reisende, die dort gewesen waren, wußten unter anderem auch von der Widerwärtigkeit der Uhren zu berichten. Dort verwechsele man den Morgen mit dem Abend, bringe die Nachmittags- und Nachtstunden durcheinander, alles sei verworren und ein wahres Kuddelmuddel, so erzählten sie. Die Zuhörer aber waren entsetzt: »Tz! Tz! Allah sei Dank, daß wir als Muselmanen geboren sind!«

Die Menschen in der Stadt N. gehorchten den Vorschriften des Staates und des Glaubens. Und überhaupt war diese Stadt in jeder Hinsicht brav und folgsam. Vielleicht hatte man N. gerade deshalb als die Stätte gewählt, an der der Frieden mit Albanien geschlossen werden sollte. Zwischen Albanien und den eigentlich osmanischen Paschaliks gelegen, war es niemals der Zankapfel zwischen den verschiedenen Wilayets oder Nationalitäten gewesen. In der Tat war es eine Stadt ohne finstere oder blutige Ereignisse, ja, man hätte füglich sagen dürfen, daß sie ereignislos war. Es beruhigte geradezu, wenn man an N. dachte. Nichts an dieser Stadt belastete die Erinnerung, weder die Chroniken noch die Plätze und Gassen, noch die Reime, die in ihren Kaffeestuben verfaßt wurden. Als es deshalb in der Hauptstadt hieß, die Versöhnungsfeiern würden in N. stattfinden, waren alle einhellig der Meinung, daß man sich für dieses Vorhaben keinen besser geeigneten Ort vorstellen könne. Man war sich einig, daß diese Stadt seit langem ein großes Gastmahl verdiene, als Belohnung für ihre Folgsamkeit und ihr langes Harren.

Als erste kam aus Istanbul nach N. die Unterkommission für Hotels und Hane, die von Hadschi Hazır geleitet wurde. Er war ein dunkelhäutiger, starker Mann, dessen Lebenslauf zum größten Teil mit den Pferden der kaiserlichen Marställe verbunden war. Von der Arbeit mit Pferden war er sodann zu Tätigkeiten übergegangen, die mit Menschen zu tun hatten, und sein Aufstieg war langsam, aber stetig gewesen. Seine Karriere mit Pferden anzufangen, so pflegte er halb im Scherz, halb im Ernst zu verkünden, ist das beste, denn von den Pferden komme einem nie eine Intrige. Alle diejenigen, die beim Aufstieg zu Fall kommen, so sagte Hadschi Hazır zu seinen Freunden, hätten das den Intrigen zu verdanken, die ihre ehemals gleichrangigen kleinen Mitarbeiter gegen sie anzettelten, denn sie ertrügen es nicht, wenn einer ihresgleichen aufsteigt, während sie selbst auf der Stelle treten.

Zu seiner eigenen und seiner Freunde Verwunderung hatten alle anderen wichtigen Aufgaben, mit denen Hadschi Hazır seit Jahren betraut wurde, auf irgendeine Art mit Pferden zu tun. Und nun war ihm wieder eine Pflicht zuteil geworden, zwar auf einer höheren

Ebene als irgendeine seiner bisherigen Tätigkeiten, die auch diesmal zu einem großen Teil, um nicht zu sagen zur Hälfte, mit Pferden zu tun hatte. Und dabei handelte es sich nicht um irgendwelche Gäule, sondern um die Rosse der fünfhundert führenden Köpfe Albaniens, die allerdings wohl ebenso launisch und störrisch waren wie ihre Herren.

Hadschi Hazır, sich völlig dessen bewußt, wie wichtig er war, solange die anderen Unterkommissionen noch nicht angekommen waren, zeigte sich allenthalben auf den Straßen und Plätzen der Stadt N., und er weckte Neugierde und durfte mit Ehrerbietung rechnen wie jeder, der mit amtlichem Auftrag aus der Hauptstadt kam. In kurzer Zeit brachte er die Angelegenheit ins rechte Gleis, und schon jetzt hatte er den größten Teil der Übernachtungen der Gäste in den Hotels sowie der Unterbringung der Pferde in den Karawansereien gesichert. Er kontrollierte alles, schlief selbst in den Betten, in denen die Gäste nächtigen sollten, und schreckte die Hotelbesitzer durch die eingehende Untersuchung, die er morgens an seinem Körper vornahm, um festzustellen, ob er nicht Bißspuren von Flöhen oder Wanzen fand. Sogar Pferde brachte er probeweise in den Hanen unter, und er schüchterte die Hanbesitzer ein, indem er behauptete, er könne sich mit Pferden ebensogut verständigen wie mit Menschen, und wehe ihnen, wenn sie versuchen sollten, ihn hinters Licht zu führen, in der Annahme, Pferde hätten keine Sprache, um sich zu beschweren!

Doch das Erscheinen von Hadschi Hazır und seinen Leuten überall in der Stadt sowie die Hochachtung, die ihm die örtlichen Autoritäten entgegenbrachten, hatten eine ganze Flut der unglaublichsten Tuscheleien zur Folge. Man munkelte, daß in N. aus Anlaß irgendeines Friedensschlusses – obgleich doch in der letzten Zeit gar kein Krieg zu Ende gegangen war – große Spiele veranstaltet werden sollten. Einige wußten zu berichten, daß N. als Stadt einen höheren Rang bekommen, daß es zur Hauptstadt eines Paschaliks, ja gar eines Wilayets, um nicht zu sagen zum Hauptort der ganzen europäischen Reichshälfte erhoben werden sollte. »O nein, wir sollten es nicht übertreiben«, mochte da einer sagen, doch ein anderer fiel ihm gleich ins Wort: »Was ist hieran so unglaublich? Finde du mir eine Stadt, die fügsamer und makelloser ist, die niemals den Schlaf des Padischah gestört hat. Dies ist keine Stadt, sondern ein Engel, oder etwa nicht?« Die anderen machten zustimmende Gebärden, seufzten nachdenklich, und dem, der widersprochen hatte, blieb nichts anderes übrig, als den Mund zu halten. Manches Geflüster ging noch weiter. Es hieß, der Sultan wolle höchstselbst den Balkanvölkern eine Visite abstatten und werde während dieser Besuchsreise auch in N. Station machen. Als die Leute das hörten, schnalzten sie – tz! tz! – mit der Zunge und gingen auseinander, ein jeglicher in sein Haus, denn hiernach hatte nun keinerlei Gerücht noch irgendwelchen Sinn.

Unterdessen tauchte Hadschi Hazır überall auf, und immer häufiger, als wolle er die Gelegenheit nach Kräften nutzen, solange das Mysterium noch anhielt – denn wie alles andere würde auch dieses Mysterium an Kraft verlieren und schließlich völlig ersterben – und solange die anderen Würdenträger noch nicht in N. angelangt waren.

Und in der Tat, nach vier Tagen kamen nacheinander die Unterkommission für Speisen und Getränke und die Unterkommission für die musikalischen Darbietungen an. Die erste wurde vom Oberküchenmeister Alaga Guyvabmeroviç geleitet, der, lang und ungeschlacht und mit ständig geröteten Augen, seinen ebenfalls puterroten langen Hals ein wenig beugte, sooft er jemanden ansprach oder jemandem zuhörte. Er sprach ein Türkisch mit starkem Akzent, und seine Sprechweise war ungeschlacht wie alles an ihm; er nuschelte, und wenn er ein paar zusammenhängende Worte von sich gab, kamen diese einander ins Gehege. Alles an diesem Mann war unangenehm; man mußte sich wundern, wieso ausgerechnet dieser fade Lulatsch so zauberhaft zu kochen verstand, daß seine Gerichte seit Jahren auf allen Regierungsbanketten gereicht wurden.

Der Vorsitzende der Unterkommission für die musikalischen Darbietungen, Aga Leichtfuß, wie er seines Berufes wegen genannt wurde (seinen richtigen Namen kannte keiner), war einer jener seltenen Menschen, bei denen der Name, die Arbeit, die er verrichtete, und das Aussehen völlig übereinstimmten, und man wußte nicht, ob er wegen seines Äußeren für diese Tätigkeit ausgewählt worden war oder ob ihm seine Arbeit das Aussehen eines Schwerenöters verliehen hatte, beides zusammen hatte ihm jedenfalls den Namen Aga Leichtfuß eingebracht. Er hatte braune Augen und schwarze Brauen, war rotwangig – soweit Brünette das überhaupt sein können –, trug ein dünnes Oberlippenbärtchen, und in seinen Augen lag ständig ein schmachtender Glanz. Die Backenknochen standen ein wenig vor, und auf seinen Wangen leuchtete soviel Feuer und Leidenschaft, daß man hätte glauben mögen, es sei sein zweites Guckerpaar, da sie von all dem Musizieren, vom Zechen und von den Abenteuern mit Frauen mindestens so strahlten wie seine Augen. Wer ihn sah, hätte schwören mögen, er habe einen der ärgsten Poussierstengel der Hauptstadt vor sich, der es gewiß mit vier oder fünf Damen aus den Harems der Wesire trieb, der ein heimliches Verhältnis mit einer Prinzessin oder mit der Gattin eines Botschafters der Großmächte unterhielt, der sich aus Eifersucht mit Maynur Hanum, der Erzhure von Stambul, verzankt und versöhnt und wieder zerstritten hatte, und daß sich in den Strickereien der jungen Damen hier und da einige undeutliche Anspielungen auf seine Brauen und Wangen, seine Lippen und das Oberlippenbärtchen ausmachen ließen.

So hätte er sein müssen, nach seinem Aussehen zu schließen. Doch in Wirklichkeit, so erzählte man sich, führte er ein geregeltes Leben mit einer kleinen, trägen Frau, die den lieben langen Tag über frommen Büchern saß und ihm am Abend immer erzählte, was sie gelesen hatte. Es war schon ein Wunder, daß Aga Leichtfuß ordentlich geblieben war inmitten der Verderbnis, unter Huren und Syphilis. Vielleicht war er aber gar nicht immer so gewesen, sondern hatte nur mit dem Lotterleben aufgehört, als er all dessen überdrüssig geworden war.

Die drei Neuankömmlinge, Hadschi Hazır, Alaga Guyvabmeroviç und Aga Leichtfuß, zeigten sich bald gemeinsam, bald einzeln in der Stadt. Sie waren, jeder auf seine Weise, flink und wendig und ständig in Bewegung. Viele Angelegenheiten hatten sie zu regeln, eine immer verwickelter als die andere. Die Scherereien und unangenehmen Überraschungen nahmen kein Ende – angefangen bei der Zusammenstellung der Liste albanischer Nationalgerichte – darüber hatten die Fachleute aus dem Zentralarchiv ganz unterschiedliche Meinungen geäußert – bis hin zum Programm der Gauklerspiele. Während Hadschi Hazır weiter Hotelzimmer und Pferdeställe inspizierte, probierte Alaga Guyvabmeroviç die ihm unbekannten albanischen Speisen, die seine Gehilfen zubereiteten. Die schrie er an und schlug ihnen mit dem großen Kochlöffel auf den Kopf. Inzwischen wirbelte Aga Leichtfuß umher wie der Wind, bald war er hier, bald war er dort, hier hinterließ er das einschläfernde Gerassel einer Schellentrommel, dort etwas von dem Moschusduft, den seine Tänzerinnen verbreiteten. Dann gab es verdrießliche Arbeiten mit Rechnungen und Quittungen und Übergabeprotokollen; es galt, Töpfe und Pfannen aufzutreiben, Verträge über die Lieferung von Frischfleisch und von Schnee zum Kühlen der Sorbette abzuschließen und noch vieles mehr. Ein Teil der Silbergefäße war aus der Hauptstadt gekommen, doch sie reichten nicht aus. Auch einige der Künstler waren bereits anwesend. Man erzählte sich, daß der Kaffee direkt aus den Vorratskammern des Sultanspalastes kommen sollte, während die Datteln in Indien bestellt worden waren.

Unterdessen ging das Getuschel in der Stadt weiter. Jetzt glaubten die meisten, daß der Padischah selbst in ihre Stadt kommen werde. Das überstieg ihre Vorstellungskraft so sehr, daß sie nicht wußten, ob sie über die Nachricht erfreut oder betrübt sein sollten. Eine Woche später, als die Kutschen, die die Mitglieder der Politischen Unterkommission und der Unterkommission für die Zeremonien brachten, gleichzeitig eintrafen, waren schließlich alle überzeugt, daß der Sultan kommen werde. Kurz danach, noch am nämlichen Nachmittag, traf dann auch Muhardar Pascha höchstpersönlich ein.

Die Gefährte der hohen Gäste durchquerten die Stadt unter den ängstlichen Blicken der Bewohner, die vom betäubenden Geratter der Räder erschreckt waren. Die Menschen duckten sich und fragten sich, ob nicht das Kopfsteinpflaster ihrer Stadt an diesem Lärm schuld sei, und dann flüsterten sie wachsbleich: »Schütze uns, o Allah!«

Die Gewänder der Gäste aus der Hauptstadt waren arg verstaubt; über dem gelbbräunlichen, gleichsam träumerischen Flugsand Asiens lag der Staub aus den europäischen Gegenden, der düsterer, schwerer und kälter zu sein schien. Man hätte sich ja wohl auch kaum einen längeren, durch das ganze Reich führenden Weg aussuchen können.

Darum begab sich das Gefolge der Kutschen, von den örtlichen Honoratioren begleitet, nach der Ankunft im Hotel, wo die Gäste nur ihr Gepäck abstellten, gleich zum Hammam der Stadt.

Der Hammam war ein altes, schon im Jahre 1605 errichtetes Gebäude, wie eine Tafel über dem Haupteingang bezeugte: »Zur Erquickung des Körpers und des Geistes erbaute Hodscha Sinan Oğlu dieses Badehaus im gesegneten Jahre 1013. Möge seine Seele genauso leicht zum Himmel aufsteigen wie der Dampf dieses Hammams.«

Wie alle anderen, die zum erstenmal den Hammam betraten, verweilte auch Muhardar Pascha, zusammen mit der großen Schar, die ihm folgte, vor der Tafel. Sie lasen die Inschrift und betraten darauf das Bad. Der Wächter des Hammams, kreidebleich im Gesicht und mit zitternden Händen, geleitete sie hinein.

Nach kurzer Zeit hatten alle sich entkleidet, und nackt, wie sie in dem nun eingelassenen Dampf standen, entfernten sie sich noch mehr voneinander. Wie die meisten Leute unterhielten auch sie sich gern während des Bades, und aus dem Brodem kamen ihre Stimmen gleichsam aus der Ferne, wie Geisterstimmen. Der Dunst wurde immer dichter, und die Mosaikbilder verschleierten und entschleierten sich schwankend, als seien es Betrunkene. Noch ein Weilchen, und den Badegästen würde zumute sein, als ob sie, ihrer Müdigkeit, des Staubs und der Gliederstarre ledig, sich auch ihres Körpers entledigen und auf den Weg in jene Welt machen würden, wie es die Tafel über dem Eingang besagte.

Der Hammamswächter hörte, in einer Ecke kauernd, ihre Stimmen, wie sie in den niedrigen Kuppeln dröhnten und widerhallten. Ihm erschienen sie wie Donnergrollen. Am ganzen Leib zitternd, biß er sich in die Finger und betete, daß das Wasser mit der gehörigen Wärme fließen möge, daß keiner auf dem Seifenschaum ausrutsche und kein Asthmakranker Atemnot bekomme und was dergleichen noch mehr hätte geschehen können.

Als sie schließlich ihr Bad beendet hatten und hinaustraten, war vor dem Eingang zum Hammam und auf beiden Seiten der Gasse eine große Menschenmenge zusammengeströmt. Schweigend verfolgten alle mit ihren Blicken die berühmten Gäste, als die in ihre Kutschen stiegen, und mühten sich, aus den Stickereien der Gewänder zu erraten, welche von ihnen denn nun die allerbedeutendsten sein mochten.

Kalt war es, ein mit feinen Schneeflocken untermischter Nieselregen fiel herab, doch die Menschen verharrten, bis auch die letzte Kutsche abgefahren war. Längst war der Tag zur Neige gegangen, und der Rauch aus dem Hammam stieg zur bleiernen Himmelskuppel empor und kräuselte sich eigenwillig, bedeutungsschwer.

Am nächsten Tag führte Muhardar Pascha mit seinen Gehilfen sowie mit den Vorsitzenden der fünf Unterkommissionen eine kurze Beratung durch. Gleich danach inspizierte er die Orte, wo die Festlichkeiten stattfinden würden, angefangen vom Hippodrom, in dem die Militärparade der Garnison von N. abgehalten werden sollte, und den für die offiziellen Gespräche vorgesehenen Saal, den der Vorsitzende der Politischen Unterkommission, Delikalibaş Bey, soeben aus den drei Räumlichkeiten der Stadt ausgewählt hatte, die für diesen Zweck geeignet waren. Was nun die für die offiziellen Essen gedachten Säle anbelangte, so hatte der Vorsitzende der Unterkommission für die Zeremonien,

Nuh Efendi, nachdem er sie an jenem Morgen kurz in Augenschein genommen hatte, keinen für geeignet befunden. Das war auch kein Wunder. Ein Saal, in dem fünfhundert Personen miteinander reden sollten, war eben leichter zu finden als ein Raum, in dem sich diese fünfhundert Personen zu einem Abendsessen niederlassen konnten.

Während der Begehung, die, wie jede Inspektion solcher Art, einen besonderen Schrittrhythmus an sich hatte, unterbreitete Nuh Efendi Muhardar Pascha, dem Vorsitzenden der Zentralen Festkommission, den Vorschlag, man könne doch, um genügend Platz für die offiziellen abendlichen Bankette zu haben, die Moscheen oder die alten Klöster in Erwägung ziehen. »Ich habe keine Einwände«, erwiderte der Pascha, »ich habe nichts dagegen. Du, Nuh Efendi, weißt mit derlei Dingen besser Bescheid als irgendein anderer.«

Nach dem Abschluß der Inspektion schrie Muhardar Pascha keinen an, auch ließ er niemanden bestrafen. Man merkte sogleich, daß er nur eine Sorge hatte: Die Vorbereitungen sollten möglichst bald zum Abschluß kommen, und er zerbrach sich nicht, wie es in solchen Fällen sonst meist geschah, den Kopf darüber, ob der Mangel an Strenge seiner Autorität etwa schaden könnte. Er warf einen raschen Blick auf die Abrechnungsbücher, nahm einen kurzen Bericht über die Hotelzimmer und die Pferdeställe in den Hanen und über Dutzende Detailfragen entgegen, und wiederum war er sanftmütig gegen jedermann; Hadschi Hazır nannte er sogar zweimal »mein Sohn«.

Die fünf Unterkommissionen arbeiteten fieberhaft. Es blieben nur noch zwei Wochen bis zur Eröffnung der Festlichkeiten, doch der Befehl des Muhardar Pascha lautete gar dahingehend, daß alles schon ein paar Tage vor dem 31. März fertig sein müsse. Jetzt wußte jedermann, warum just dieses Datum ausgewählt worden war und warum es unverrückbar feststand: Nach der Erklärung des Delikalibaş Bey war die Zeit, die den März vom April trennt, gewählt worden, weil in der poetischen Philosophie der Albaner der eine von ihnen, der März, als Monat der Tapferkeit, des Mannesmutes bezeichnet wurde, der andere aber, der April nämlich, als der Liebesmond galt. Ein bekanntes Volkslied brachte diesen Gedanken deutlich zum Ausdruck:

Ist mir der März des Mutes vergangen,
Nimmt der April der Lieb' mich gefangen.

Das Fest würde sich also zwischen beiden, der Tapferkeit und der Liebe, abspielen, oder genauer, es würde mit Mannesmut beginnen und mit Liebe enden.

Inzwischen hatte man in N. endlich den Zweck der Ankunft der berühmten Hauptstädter erfahren: Die Versöhnung mit Albanien sollte besiegelt werden.

Die Einwohner von N. nahmen – wie alle Bewohner des benachbarten Paschaliks – diese Nachricht mit Gleichmut zur Kenntnis. Das war nun in der Tat etwas, womit sie eigentlich gar nichts zu schaffen hatten. Obwohl sie doch schon jahrhundertelang an der Grenze der vier Albanien lebten, wie sie die vier albanischen Paschaliks nannten, war dieses Land ihnen immer fern geblieben. Es war ein harsches Land, unverständlich, vor allem in den letzten vierzig Jahren. Oft zogen durch

N. lange Maultierkarawanen, begleitet von müden Soldaten, mit Fahnen und Kanonen. Die Menschen blickten einander wie sprachlos an und flüsterten sich nur zu: Wieder Albanien!

Aber gottlob, nun würden sie sich ja fügen. Anscheinend waren sie endlich zur Vernunft gekommen. Und siehe, die Hohe Pforte, großmütig wie immer, beharrte nicht auf ihrem Stolz, nein, sie reichte ihnen die Hand und bot ihnen noch Honigseim zur Versöhnung. Verflucht sollten sie sein, wenn sie auch diesmal deren Edelmut nicht zu schätzen wußten!

So hörte man es überall auf den Straßen von N. Es war bereits Mitte März, doch der Frühling kündigte sich noch nicht an. Nachts gab es Frost, und manchmal wirkte das Firmament so poliert, daß man hätte glauben mögen, der Mond, die Sterne und all die anderen Himmelskörper müßten auf dieser eisglatten Fläche ausgleiten und in Tausende glitzernde Scherben zersplittern.

Die Politische Unterkommission trat regelmäßig jeden Tag zusammen. Ihre Mitglieder waren fast durchweg Angestellte des Außenministeriums, wenngleich sie das mit keiner Silbe erwähnten. In der Tat, über die Beteiligung des Ministeriums für Auswärtige Angelegenheiten ließ man nichts in der Presse verlauten, damit nur ja keine Mißverständnisse über den Status Albaniens aufkamen. Denn ernsthafte Irrtümer mochten im Inland und Ausland wohl entstehen; falls öffentlich zugegeben würde, daß sich das Außenministerium mit den albanischen Angelegenheiten zu befassen begonnen hatte, so käme das dem Eingeständnis gleich, Albanien habe von nun an nicht mehr als Bestandteil des großen Osmanischen Reiches zu gelten. Dergleichen würde eine neue Welle von Zwistigkeiten zwischen der Kriegerkaste und den alten Politikern, die sich vor allem um den Scheich-ul-Islam scharten, hervorrufen. Und in diesem Fall würden sie die öffentliche Meinung auf ihrer Seite haben, der es normaler erscheinen mußte, daß sich mit Albanien statt des Außenministeriums das Ministerium des Inneren befaßte, was die Hohe Pforte seit mehr als hundert Jahren vermieden hatte, um keine Spannungen mit Albanien hervorzurufen. Jetzt, da die Versöhnung vor der Tür stand, hatte man einen Mittelweg gefunden: Einerseits war die erstmalige Einschaltung des Außenministeriums in die albanischen Angelegenheiten durch Spitzel überall in den albanischen Landen unter die Leute gebracht worden, andererseits war sie in den diplomatischen Kreisen der Hauptstadt und besonders der Presse gegenüber völlig geheimgehalten worden. So wurden die Albaner mit einem seit langem gehegten Wunschtraum gelockt, und die starrköpfigen Fanatiker in Stambul ließen sich besänftigen.

Delikalibaş Bey fehlte auf keiner der Beratungen. Er überprüfte eingehend jedes einzelne der von seinen Mitarbeitern vorbereiteten Schriftstücke: die verschiedenen Ansprachen, die Punkte der Abkommen, die Deklarationsentwürfe. Er gab detaillierte kritische Hinweise zu deren Inhalt, zu den Formulierungen, ja sogar zu stilistischen Feinheiten. Sein energisches Gesicht mit der hohen, kahlen Stirn wirkte gleichsam quadratisch, was bei seinen Untergebenen ein Gefühl der Sicherheit hervorrief, obgleich sie – wie sie einander vertraulich eingestanden – eigentlich doch lieber unter Nuh Efendi gearbeitet hätten; der war zwar weniger korrekt im Umgang als ihr Chef, dafür aber poetischer.

In den letzten Tagen war die Politische Unterkommission vorrangig damit beschäftigt, den vorläufigen Wortlaut der Schriftstücke abzufassen. Das ergab sich daraus, daß beschlossen worden war, alle Entwürfe in zwei schwierigen Sprachen ausfertigen zu lassen: in Altosmanisch und in Latein. Dies geschah in der Absicht, die Zweiseitigkeit der Gespräche herauszustreichen. Den Albanern wäre es natürlich noch lieber gewesen, wenn ihre eigene Sprache als offizielles Verständigungsmittel dabei gewesen wäre. Ein so weit gehendes Zugeständnis konnte aber die Pforte beim besten Willen nicht machen. So wurde entschieden, das Lateinische als eine dem Albanischen doch immerhin verwandte Sprache zu verwenden, und da nun die albanische Sprache weder in schriftlicher noch in mündlicher Form herangezogen werden sollte, hielt man es für ratsam, sich auch des modernen Türkischen nicht zu bedienen, zumindest nicht in den schriftlichen Dokumenten.

Im Unterschied zu den anderen berief Aga Leichtfuß seine Unterkommssion nicht regelmäßig ein, sondern immer dann, wenn es ihm in den Sinn kam, meistens abends. Die Musikanten und Tänzer mußten bis in die späten Nachtstunden ermüdende Proben über sich ergehen lassen. Vor allem mit dem Erlernen der zwei oder drei albanischen Tänze, deren Aufnahme ins Programm unerläßlich war, taten sie sich schwer. Bald erwies sich die Musik als zu schleppend, dann wieder wurden die Tänze selbst derart verunstaltet, als gehörten sie einem Alptraum an.

Zwei albanische Greise, die man geholt hatte, damit sie sich die Tänze ansehen sollten, legten die Hände vor die Augen, als sähen sie ein Schreckensbild, und dann meinten sie zu Aga Leichtfuß: »Das sind keine albanischen Reigen, davon kann man ja schlaflose Nächte kriegen!«

Aga Leichtfuß war verzweifelt. Die Sache mit den Volkstänzen war offenbar viel komplizierter, als er zu Beginn angenommen hatte. Da hatte er es mit den Gauklern schon einfacher, mit den Kartenschlägern und Handlesekünstlern, ja sogar mit den waghalsigen Stegreifdichtern, die während der abendlichen Bankette ihre Reime vortragen sollten. Er erwog sogar, Muhardar Pascha die Angelegenheiten zu unterbreiten, in der Hoffnung, die Volkstänze könnten durch irgend etwas anderes ersetzt werden.

In der Tat hatte die Unterkommission für die musikalischen Darbietungen mit großen Schwierigkeiten zu kämpfen, wenn es auch nach außen so scheinen mochte, als sei ihre Arbeit der reinste Spaß. Die Sorgen hatten mit Zwistigkeiten unter den Tänzerinnen angefangen. Gleich in den ersten Tagen gerieten sie in Streit, prügelten sich und zerrten sich an den Haaren, und das alles, wie immer, aus Eifersucht. Aga Leichtfuß hatte sie beschimpft, hatte ihnen gedroht, er werde sie in die Hauptstadt zurückschicken, werde sie züchtigen, gar vom Gefängnis war die Rede gewesen, doch sie wollten und wollten nicht hören.

»Was habe ich mir nur mit diesen Flittchen eingebrockt«, sagte er, wo er ging und stand. »Was habe ich Ärmster bloß verbrochen!«

Nicht weniger Ärger bereiteten die albanischen Spiele, die ebenso wie die Volkstänze unbedingt im Programm vertreten sein mußten. Eines davon, und zwar das Spiel »Die Burg von Dibra«, hatte Muhardar Pascha gleich vom Programm gestrichen, als er es sah. »Das ist ein Teufelsspiel«, sagte er, es erinnere ihn an ihre verfluchten Festungen von früher. »Suche etwas Vergnüglicheres aus, Aga Leichtfuß!«

Hm, schnaufte Aga Leichtfuß vor sich hin. Suche etwas Vergnüglicheres, das ist leicht gesagt. Probier es doch einmal selbst, mein Pascha! Auch eines der vorgesehenen Spiele, das Schlagballspiel, hatte man ihm weggenommen und es der Unterkommission des Nuh Efendi übertragen. Ja, zweifellos, Schlagball war ein zeitgemäßes Spiel, ein edles Spiel, nichts dagegen einzuwenden, so recht geeignet für die Diplomaten und die Herren vom Protokollamt. Ein sauberes Spiel. Und die Hauptsache: weder türkisch noch griechisch, noch albanisch. Ein Allerweltsspiel, gerade so, wie's sein sollte. Hm!

Aga Leichtfuß war nicht der einzige, der sich gern über die Politische und über die Protokollarische Unterkommission, besonders aber über ihre Vorsitzenden, Delikalibaş Bey und Nuh Efendi, lustig machte. Auch für Hadschi Hazır und sogar für Alaga Guyvabmeroviç gab ein gewisser andauernder Mißmut über die beiden »vornehmenden Pinkel«, wie sie unter sich die beiden Vorsitzenden zu nennen pflegten, ein bevorzugtes Gesprächsthema ab. Sie stichelten gegen sie, wo sie nur konnten, bezeichneten sie als hochnäsig, anmaßend und unleidlich. Solcherart Neid ergab sich wie von selbst aus dem Charakter ihrer Tätigkeit. Selbst wenn sich Delikalibaş Bey und Nuh Efendi gegenüber ihren drei Kollegen weniger geringschätzig verhalten hätten, wären doch für diese noch immer Anlässe genug für Groll und Unzufriedenheit zu finden gewesen. Jeder Streit mit den ungehobelten Hanbesitzern, jedes Ärgernis mit den Musikanten, jede Schererei wegen der Töpfe und Pfannen oder wegen der Abrechnungen wandelte sich unweigerlich in eine blinde Wut gegenüber den beiden Unterkommissionen, in denen es gemütlich zuging, da sie sich mit solchen Banalitäten nicht abgeben mußten. »Traun, wer weiß, wie wir denen vorkommen«, pflegte Aga Leichtfuß zu sagen, sooft sich Delikalibaş Bey und Nuh Efendi irgendwo in der Öffentlichkeit, eifrig im Gespräch begriffen, abseits hielten. »Das kann man sich schon vorstellen«, entgegnete dann Hadschi Hazır, »die nennen uns Schlächter, Narren und Stallknechte.« Der Lulatsch Alaga Guyvabmeroviç, dem das Sprechen schwerfiel, gab nur ein dumpfes Knurren von sich. Das Blut schoß ihm in den Kopf und rötete ihm Augen und Hals.

Gleichsam den anderen zum Trotz, saßen Nuh Efendi und Delikalibaş Bey auch auf den Sitzungen der Zentralen Kommission immer beieinander. Eigentlich waren sie gar nicht befreundet, und sie wußten genau, daß sie nach ihrer Rückkehr in die Hauptstadt einander kaum wiedersehen würden, hier aber waren sie in der Provinz, zudem war die Arbeit in den Unterkommissionen, denen sie vorstanden, von ähnlicher Art.

Zwar hatte Nuh Efendi die Fünfzig bereits überschritten, doch er war noch immer ein gutaussehender Mann – hochgewachsen, von gerader Haltung und auf eine sehr delikate Weise ergraut: Seine Schläfen wirkten wie gestickt. Anders als bei den feisten Wangen von Muhardar Pascha, die so stramm gewölbt waren, daß sich darauf nichts als eine leichte Röte halten konnte, zeigten sich auf Nuh Efendis Wangen zwei kleine Grübchen, die sich bei jedem Lächeln füllten, sogar bis zum Übermaß. Auch wenn das Lächeln von seinem Gesicht schwand, verharrte es noch ein wenig in den Wangengrübchen, so, wie sich der Sommerregen in den Lachen auf dem Feld etwas länger hält.

Mit diesem Lächeln hatte Nuh Efendi seine Laufbahn begonnen – seine Karriere vom zweiten Aufseher im Frühstückssaal der Sultansmutter bis hin zu den wichtigsten Posten im Amt des Kaiserlichen Protokolls. Doch diese seine Karriere war nicht leicht gewesen. Als der Großwesir Yusuf auf dem großen abendlichen Bankett, das man anläßlich der Niederschlagung des Janitscharenaufstandes gab, vergiftet wurde, mußte Nuh Efendi, der die Hauptverantwortung für die Durchführung des Abends getragen hatte, ins Gefängnis, und dann wurde er zusammen mit einem Mitarbeiter interniert. Monatelang mußte er mit dem Todesurteil, mit lebenslanger Kerkerhaft oder Verbannung rechnen, bis endlich die wahren Schuldigen entlarvt und verurteilt wurden. Er selbst aber war als Sieger in die Hauptstadt zurückgekehrt, mächtiger denn je zuvor, allerdings ein bißchen melancholischer geworden.

Seit dieser Zeit war Nuh Efendi in seiner Arbeit sehr

vorsichtig. War doch der Hof eine wahre Brutstätte ständiger Intrigen, in deren Gespinst man sich unversehens verfangen konnte, wenn man nicht allzeit auf der Hut war. Als man Nuh Efendi mitteilte, er werde Teilnehmer der bedeutungsvollen Equipe sein, die die Versöhnung mit Albanien vollziehen sollte, schien ihm dies eine leichte Aufgabe, und er übernahm sie mit Freuden. Es würde ihn entspannen, für ein paar Wochen den Intrigen der Hauptstadt zu entfliehen, und wenn ihm überdies der Klimawechsel gut tun würde, so mochte es wirklich eine wundervolle Reise werden.

Als aber die tägliche Arbeit anfing, sah er, daß diese doch schwieriger war, als er geahnt hatte. Und hier konnten ebenso schreckliche Mißgeschicke auftreten wie damals, als der Großwesir vergiftet wurde. Fingen doch die Sorgen schon mit dem Tisch für die Gespräche an, mit dessen Größe und Form, mit der Festlegung der Plätze für die Vertreter der Pforte und der Plazierung der albanischen Gäste, und dies nicht nur am Verhandlungstisch, sondern auch bei den Banketten und Feierlichkeiten. Fürwahr eine höllische Arbeit. Seine Gehilfen waren Tag und Nacht am Werk, sie sichteten die Angaben aus dem Zentralarchiv über die Beziehungen der albanischen Oberhäupter untereinander, über deren Zwistigkeiten und Verschwägerungen, Feindschaften und Blutrachefälle und über deren Verbindungen zu den gestürzten Paschas, vor allem zu Ali Pascha Tepelena und Kara Mahmud Bushatlliu.

Von all dem schwirrte Nuh Efendi der Kopf. Man legte eine Sitzordnung nach numerierten Plätzen fest, doch dann wurde alles wieder umgestoßen. Bisweilen waren die Angaben des Zentralarchivs widersprüchlich, und dann ging alles wieder von vorn los. »Ach, eine höllische Arbeit«, seufzte Nuh Efendi.

Zwar waren sich die Herren in Stambul der besonderen Schwierigkeiten bewußt, die auf die Protokollarische Unterkommission zukommen würden, daher waren auch die Mitarbeiter des Nuh Efendi zahlreicher und von höherem Rang als alle Gehilfen der anderen Vorsitzenden. Zwei seiner Untergebenen, Hafiz Bina und Hauptmann Durmiş Dur Ali, gehörten sogar der Zentralen Festkommission als Beobachter an. Hafiz Bina, ein alter Fuchs aus der Protokollbehörde, der wegen einer Rückgraterkrankung die meiste Zeit gekrümmt einherging, hatte sich mit einer Menge der unterschiedlichsten Angelegenheiten zu befassen, während Hauptmann Durmiş Dur Ali eine einzige Aufgabe hatte: die Organisierung der Militärparade. Die Parade sollte im Hippodrom der Stadt durchgeführt werden, wo man schon vor geraumer Zeit damit begonnen hatte, neue hölzerne Tribünen für die Gäste zu errichten. Tagtäglich mußten die für diesen Anlaß ausgewählten Truppen unter den Klängen der Militärkapelle bis zum Umfallen den Vorbeimarsch proben. Von diesen Übungen kam Durmiş Dur Ali jedesmal todmüde zurück. Er war ohnehin etwas klein von Statur, und seine Schmalbrüstigkeit, besonders aber der Umstand, daß er sein rechtes Bein wie eine Holzprothese hinter sich herzog, vor allem immer beim ersten Schritt, ließen ihn noch schmächtiger erscheinen. Als wolle es dem Bein Gesellschaft leisten, war auch sein rechtes Auge ein wenig starr, es wirkte kleiner als das linke, immer ein bißchen tränend, und man konnte meinen, es würde einen benetzen.

Wenn nun auch Durmiş Dur Ali alles andere als einen majestätischen Anblick bot, so hieß es doch von ihm, er sei im ganzen Reich einer für das Exerzieren des Paradeschritts am besten befähigten Offiziere. Er hatte lange Zeit im Jemen gedient, an den fernen Grenzen des Staates. Wo er sich dann aufhielt, war nicht bekannt, wohl aber, daß er unversehens bei der Zerschlagung einer Palastrevolte von sich reden machte: Gleich nach der Unterdrückung der Verschwörung hatte er an der Ausrichtung der aus diesem Anlaß durchgeführten Truppenparade teilgenommen, und danach war er wiederum für geraume Zeit von der Bildfläche verschwunden. Seine Biographie enthielt drei oder vier Lücken dieser Art, nach denen keiner sich erkundigen mochte, so wie man sich ja auch nicht gern einem schaudererregenden Abgrund nähert.

Innerhalb der Schar der Beamten, die sich mit der Organisierung des Festes beschäftigten, war die Stellung der beiden Gehilfen von Nuh Efendi irgendwie unklar. Das rührte daher, daß sie, wenn sie sich auch selbst keineswegs für würdig befanden, enge Beziehungen zu Nuh Efendi und Delikalibaş Bey, den hohen Chefs, zu unterhalten, doch wiederum keine Neigung verspürten, sich mit der Gruppe um Aga Leichtfuß, Hadschi Hazır und Alaga Guyvameroviç gemein zu machen. So hielten sie es mal mit diesem, mal mit jenem, und wie es in derlei Fällen zu sein pflegt, waren sie die einsamsten Menschen in der Stadt N.

Nun war die letzte Märzwoche herangekommen, und die Zentrale Kommission arbeitete ebenso fieberhaft wie die Unterkommissionen. Auf einer der von Muhardar Pascha durchgeführten kurzen Beratungen erschien Hadschi Hazır mit den Spuren zerdrückter Wanzen auf dem Gesicht. Er forderte Muhardar Pascha mit Nachdruck auf, den Wirt des Hotels, in dem er während seiner letzten Inspektionsnacht dieser Plage ausgesetzt gewesen war, zu bestrafen. Es wurde eine drastische Verurteilung des Hoteliers beschlossen, nicht weil man von Hadschi Hazırs Anschuldigung vollauf überzeugt gewesen wäre, sondern eher mit der Absicht, ein abschreckendes Exempel für alle diejenigen zu statuieren, die auch nur im mindesten die Vorbereitungen oder den Ablauf des Festes behindern mochten.

In der Tat verfehlte das Urteil seine Wirkung nicht. Die Fleischhändler und Gemüsekrauter, die Hanbesitzer und Hoteliers, Bäcker und Verkäufer von Fetten, Honig und Hirsetrank, die Verträge mit den Unterkommissionen abgeschlossen hatten, wurden fügsam wie eingefangene Hühnchen.

Ein wahrer Berg von Pfannen und silbernen Platten, von Tellern, Löffeln und Messern, von Kaffeekännchen und Näpfen, von Schüsseln und Tiegeln in allen Größen türmte sich kalt und gleißend vor Alaga Guyvabmeroviç auf. Von ihrem silbrigen oder rötlichen Glanz – je nach dem Metall, aus dem sie gefertigt waren – ging so etwas wie eine stumme Drohung aus. Bisweilen schien es Alaga Guyvabmeroviç, diese Drohung kreise räderförmig, in der Gestalt der meisten seiner Geräte, durch die Luft daher.

Es waren Hunderte von jeglicher Art – für das alltägliche Mittag- und Abendessen und für die offiziellen Empfänge, für trockene Speisen und Braten mit Tunken, für süße Leckereien und Reispudding, für Pilaw und Kebab und Kaltschalen aus aufgekochtem Dörrobst und für vieles andere, Gefäße mit feinem Ziselierwerk und eingearbeiteten Inschriften, Gefäße mit dem Wappen des Sultanspalastes oder mit Koransuren, Silbergeschirr, das gesondert aufbewahrt wurde und in einem eigens dafür geführten Protokoll vermerkt war, und gewöhnliche Töpfe aus Kupfer und Bronze, ganz Einfaches und rechte Prunkstücke, vom Pfefferfäßchen, das sich verschämt in den Falten des Tischtuchs verkroch, bis hin zu der prächtigen Riesenpfanne für das Baklava, die auf dem Ehrenplatz inmitten der ganzen Topfhierarchie prangte.

Die Sorge um Gefäß und Geschirr machte jedoch nur einen kleinen Teil der Last aus, die auf Alaga Guyvabmeroviçs Schultern ruhte. Noch viel mehr Mühe erforderte die Beschaffung von Fleisch und Gemüse, von Butter und Soßen, von Zucker und Käse, von Gewürzen, Nüssen und Pistazien. Dazu kam die Verantwortung für ihre Überprüfung, die vor allem dem frischen Zustand von Fleisch und Soßen, der Qualität der Fette, des Honigs und der Datteln zu gelten hatte.

Doch auch damit hörte der Kummer nicht auf. Obgleich ihm – abgesehen von den stellvertretenden Oberküchenmeistern, unter denen sogar ein Chinese war – dreißig Köche und eine ganze Schar von Gehilfen unterstand, war er es doch, der letztlich über alle Kochtöpfe und Pfannen zu wachen hatte. Für alles war schließlich er verantwortlich. Er würde von den Tiegeln, in denen die Fleischklößchen brieten, zu den Pilawkesseln eilen müssen, er würde von da zu den Kasserollen, in denen der Sirup für die Süßspeisen eindickte, und endlich wieder zu wer weiß was für Töpfen zu laufen haben.

Kaum weniger kompliziert war das Auftragen der Speisen, das Tranchieren des Fleisches und seine Anordnung auf den Tabletts, das Zusammenstellen der Menüplatten, das Aufteilen des Reispuddings, der Pasteten, besonders aber der Speisen mit Tunken. Diese erwiesen sich als ein wahrer Fluch, vor allem bei den abendlichen Banketts, wo die teuren Gewänder, die Rangabzeichen und Orden der Geladenen anscheinend nur dazu da waren, die Soßen auf sich zu ziehen. Und dann folgten Skandale und haarspalterische Ermittlungen, ob es böswillig geschehen war oder aus Versehen, und schließlich die Bestrafung für ein rundes Dutzend von Menschen.

Als wäre all dies noch nicht ausreichend, mußte Alaga Guyvabmeroviçs obendrein einiges selbst tun. So forderten es die Regeln. Zum Beispiel mußte er für das erste feierliche Bankett eigenhändig das große Baklava – oder Hauptbaklava, wie es genannt wurde – zubereiten. Dessen einhundertvierzig Blätterteiglagen bereiteten dem Oberküchenmeister schon jetzt schlaflose Nächte. »Oh«, so klagte er bisweilen insgeheim, »wenn es Allah gefällt, diesmal meinen Verstand zu schonen, werde ich niemals verrückt.«

Und während er so zwischen Töpfen und Pfannen, die einander das verzerrte Spiegelbild seines Kopfes zuspielten, umherwirbelte, überkam ihn hin und wieder plötzliche Mattigkeit, und er setzte sich dann auf einen Schemel, um ein wenig zu verschnaufen. Benommen, wie er war, fielen ihm die Erzählungen über diverse Irrenhäuser im Reich ein, die er hier und da gehört hatte. Er mußte vor allem an eine Anstalt in Anatolien, an den Grenzen zum Chanat der Krim, denken, von der es hieß, verrückte Hodschas sängen dort fünfmal am Tage den Gebetsruf. »Allah, bewahre meinen Verstand, weiter fordere ich nichts von dir«, so betete Alaga Guyvabmeroviç in diesen Augenblicken seiner Schwäche.

Kuriere aus Istanbul überbrachten der Politischen Unterkommission neue Weisungen. Es handelte sich dabei vornehmlich um neue Formulierungen, die bei den Verhandlungen und besonders in den Deklarationsentwürfen benutzt werden durften. Sie klangen noch herzlicher als die ursprünglichen Formulierungen, und dies zeigte, daß die Hohe Pforte in den letzten Tagen eine immer größere Bereitschaft zur Lockerung ihrer Haltung gegenüber Albanien zeigte. Der Unterkommission wurde mitgeteilt, daß sie in den Deklarationsentwürfen von Ausdrücken wie »brüderliche Zusammenarbeit«, »Atmosphäre vertrauensvoller Offenheit«, »Freundschaft«, »Einheit«, »bilateraler historischer Kompromiß« und was derlei Worte noch mehr waren, ausgiebig Gebrauch machen sollte.

Als Delikalibaş Bey die Weisungen aufmerksam durchgelesen hatte, erstattete er Muhardar Pascha sofort ausführlich Bericht.

Wie üblich war es Ende März recht kalt. Trotz eines Schnupfens entschloß sich Muhardar Pascha, eine Inspektion aller Gebäude vorzunehmen, die mit den Festlichkeiten in Verbindung standen. Er begann mit der blauen Moschee, deren gigantischer Innenraum als Verhandlungssaal dienen sollte. Die Tische waren kreisförmig aufgestellt, und durch die schmutziggrau gefärbten Scheiben, die einstmals blau gewesen sein mochten, drang spärlich eisiges Licht herein.

»Bitter kalt ist es hier«, sagte Muhardar Pascha und führte die Hand an den Hals.

»Vier große Öfen werden mit Steinkohle beheizt«, entgegnete Nuh Efendi, der ihm zur Rechten schritt. Er wies mit der Hand in die Ecken, in denen die Öfen aufgestellt werden sollten.

»Mit Steinkohle?« fragte der Pascha. »Mir würde es mehr zusagen, wenn man mit Holz heizt.«

»Oh, die Öfen sind sicher, mein Pascha«, erwiderte Nuh Efendi. »Es wird bestimmt nicht nach Steinkohle riechen.«

Von der Blauen Moschee begab sich Muhardar Pascha mit seinem Gefolge zum Hippodrom. Die Tribünen für die Gäste waren soeben fertiggestellt worden. Auf einer hölzernen Erhöhung lagen die Instrumente der Militärkapelle, die offenbar in Erwartung der Probe für die Parade dort hingelegt worden waren. Hauptmann Durmiş Dur Ali, der sein rechtes Bein hinter sich herzog, als wolle er es von einem Haken losreißen, tat ein paar Schritte auf die Gruppe zu, grüßte militärisch und gab einen Lagebericht. Sein rechtes Auge, klein und verträNt, wirkte wie ein Bohrer, alles durchdringend.

Nach dem Hippodrom besichtigten sie das alte Kloster, in dessen Kirche die offiziellen Bankette gegeben werden sollten. Von den beiden Möglichkeiten – dem Rathaussaal der Stadt und der Klosterkirche – war letzterer der Vorzug gegeben worden, nicht nur wegen ihrer außerordentlichen Größe, sondern auch, weil sie sich innerhalb des Klosters befand, in dessen zahlreichen Räumen und Wandelgängen die große Küche recht gut untergebracht werden konnte, in der die Gerichte für die Mittagsmahlzeiten und die feierlichen Banketts zubereitet werden sollten.

Noch war es kalt in der Kirche, und Nuh Efendi erklärte wiederum, hier würden Kohleöfen aufgestellt werden, und zwar nicht nur vier, wie in der Blauen Moschee, sondern sechs. Muhardar Pascha schritt an der Spitze der Gruppe, gleichsam ängstlich trat er auf die sechseckigen, kalten Platten, mit denen der Fußboden ausgelegt war. Es war zu spüren, daß er zum erstenmal in seinem Leben eine Kirche betrat. Durch die farbigen Scheiben der schmalen Fenster drang gebrochenes, fahles Licht in den Raum. Alles in ihr erinnerte an Verlassenheit und Öde. Die feuchten Wände waren fleckig, die Fresken halb verwischt oder abgekratzt, die Leuchter verrostet.

Muhardar Paschas Gesicht verfinsterte sich.

»All dies, mein Pascha, wird zugedeckt werden«, beeilte sich Nuh Efendi zu erklären, und dabei streckte er die Hand aus und wies auf eine Ecke des Raums, wo Dutzende Männer, die auf Schemeln und Hockern standen, über die Wände und unterhalb der Kuppeln riesige Tücher aus roter Seide spannten. »All dies wird verdeckt«, wiederholte Nuh Efendi, »und hier wird es schön wie im Paradies werden.«

Als Muhardar Pascha sich dem Teil der Kirche näherte, der bereits mit roter Seide und gelbem Atlas ausgekleidet war, hellte sich seine Miene wieder auf.

»Ja, so geht es«, sagte er leise und lächelte Nuh Efendi zu.

Unvermutet klarte der Himmel auf. Gerade als man dachte, die Kälte würde noch zunehmen, wie es in den letzten Tagen des Monats häufig der Fall war, wurde das Wetter milder. Man konnte meinen, es fehle nicht viel, und die Mandelbäumchen müßten blühen. In drei Tagen sollte das Fest beginnen. Die Unterkommissionen arbeiteten fieberhaft.

Am 28. März ging Nuh Efendi das große Baklava besichtigen, das, obwohl es von Alaga Guyvabmeroviç zubereitet wurde, ebenfalls in sein Ressort fiel. Den Weg zum alten Kloster legte er zu Fuß zurück. die herbe Frühlingsluft reizte seine Nasenschleimhaut.

Alaga Guyvabmeroviç traf er mit der weißen Kochmütze auf dem Kopf an. Der schrie gerade seinen chinesischen Gehilfen an, da er aber den großen Kochlöffel nicht in der Hand hatte, wirkten die ausgestoßenen Drohungen nicht allzu überzeugend. Seine Augen, vor allem aber sein Hals waren puterrot. Als er Nuh Efendi gewahrte, hielt er an sich.

In dem langen, kalten Wandelgang war eine ganze Schar alter Frauen damit beschäftigt, die letzten Teigschichten für das Baklava auszurollen. Über hundert Lagen waren schon fertig, auf etlichen Holztischen übereinandergelegt, leuchteten sie weiß. Etwas weiter hinter standen die Gefäße mit Butter, Mandeln und Pistazien. Ein wenig abseits, auf einem besonderen Tisch, glänzte groß und kreisrund wie eine Krone die Hauptbaklava-Pfanne – mit einem Wappen in der Mitte und einer Koransure darunter. Wie es hieß, war es die größte Backpfanne des ganzen Reiches. In ihr war das Hauptbaklava zur Dreihundertjahrfeier aus Anlaß des Sieges über die Balkanvölker, zur Geburt des Sultans Mahmud II., des Sultans Cem und Suleymans des Großen, das Hauptbaklava zur Feier anläßlich der Niederschlagung der Verschwörung des Großwesirs Bucak-Pascha und bei anderen feierlichen Gelegenheiten gebacken worden. Sie hatte einen Halbmesser von einhundertzwölf Zentimetern und war vom kaiserlichen Oberhofschmied Nesip aus einer besonderen Legierung von Kupfer, Silber und Zinn gefertigt worden. Das darin gebackene Baklava reichte gut und gern für fünfhundert Gäste aus.

Alaga Guyvabmeroviç erklärte Nuh Efendi, daß in Kürze das Einlegen der Teigschichten in die Pfanne beginnen werde, eine Arbeit, die annähernd fünf Stunden in Anspruch nahm. Noch am gleichen Abend würde das Baklava dann gebacken, und am 29. März, gegen Mittag werde man den Zuckersirup hinzugeben. Vom Mittag des 29. bis zum Abend des 31. März, bis zum Bankett also, werde das Baklava in der Zuckerlösung bleiben, und diese Zeit reiche aus, damit der Sirup in die Teigschichten einziehen könne.

Das Wetter wurde stündlich milder. Rings um die Stadt plätscherten die ersten Schmelzwasserbäche. Die Poeten, die die Kaffeehäuser der Stadt füllten, versäumten es nicht, die Schneeschmelze in ihren Versen zu bedenken. Sie betrachteten sie als ein gutes Omen – immer in Verbindung mit dem unmittelbar bevorstehenden Versöhnungsfest.

Die Nachrichten besagten, daß die Gäste von allen Seiten herannahten, ein Teil war sogar schon in kleineren Städten in der Nachbarschaft von N. angelangt, wo sie Rast machten, um ihre Gefährten zu erwarten. Die Furcht, sie könnten überhaupt ausbleiben oder nur in geringer Zahl erscheinen, war nun zerstreut. Diese Furcht hatte während der ganzen Zeit der Vorbereitung des Festes in der Luft gelegen, war allgegenwärtig gewesen. Man nahm an, daß die Albaner mit Hilfe ihrer Späher jeden einzelnen Schritt der Tätigkeit der Unterkommissionen verfolgt hatten, um ausfindig zu machen, ob nicht irgendwo eine Falle lauere. Man vermutete, sie hätten ihre Leute in den Unterkommissionen, vielleicht sogar in der Zentralen Kommission. Als Muhardar Pascha vom Polizeichef der Stadt N. auf diese Vermutung aufmerksam gemacht wurde, hatte er lauthals gelacht. »Um so besser, wenn sie ihre Späher unter uns haben«, hatte er gesagt. »Dann werden sie sich endgültig vergewissert haben, daß unser Vorhaben ehrlich ist, nicht wahr?«

Und wirklich war jede Spur eines Zweifels getilgt, fast alle Eingeladenen befanden sich bereits auf dem Weg. Alles war so geregelt, daß sie in den Abendstunden des 30. oder am Morgen des 31. März in N. ankommen sollten. Offiziell würde dann das Fest am Nachmittag mit der Militärparade im Hippodrom beginnen, und am Abend war das erste offizielle Bankett vorgesehen. Für die folgenden Tage war ein dichtgedrängtes Programm geplant.

Am Morgen des 30. März führte Muhardar Pascha zwei kurze Versammlungen durch, eine mit den Unterkommissionen und eine mit einem sehr viel breiteren Kreis, wo alle teilnahmen, die in diesen Tagen im Einsatz waren: Wächter und Köche, Kellner, Tänzerinnen und Gaukler, Aufseher aller Art, Lampenanzünder, Hoteliers, Musikanten, Hanbesitzer, Poeten, Lampenauslöscher und viele andere mehr. Er hielt eine kurze Ansprache, gemahnte jedermann an seine Pflicht und forderte von sämtlichen Beteiligten, sie sollten alles tun, damit diese für den Staat so bedeutsamen Feierlichkeiten, an denen der Sultan selbst unmittelbar interessiert sei, zu einem vollen Erfolg würden.

III

Wie vorgesehen, begann die Anreise der Geladenen am Nachmittag des 30. März. Nuh Efendi, lang und schlank – er litt infolge der Aufregungen der letzten Tage an Kopfschmerzen – angetan mit den Amtsgewändern, die die Zeichen des Kaiserlichen Protokolls zeigten und ihn noch länger erscheinen ließen, lief in seinem Zimmer im Hotel »Wallfahrt der Störche« auf und ab und wartete darauf, daß man ihn über jede ankommende Gruppe von Geladenen unterrichtete.

Auf dem Tisch lagen die Einladungslisten, und Nuh Efendi wollte neben dem Namen jedes eingetroffenen Gastes ein kleines Zeichen anbringen, sobald der Betreffende angekommen war. Bislang waren die Zeichen noch spärlich.

Die erste Gruppe war um Viertel nach vier eingetroffen. Nuh Efendi hatte sich zu ihrem Empfang, von Hafiz Bina und einigen Amtspersonen der Stadt N. begleitet, zur steinernen Brücke unweit des Hammams begeben. Wenngleich Nuh Efendi einen guten Teil seines Lebens auf offiziellen Empfängen und Verabschiedungen verbracht hatte, wo er unter anderem auch mit hohen albanischen Würdenträgern zusammengetroffen war, fühlte er doch etwas wie Beklommenheit, als er sah, wie die erste Grupppe der Gäste unter einer niedrigen Staubwolke, der das nachmittägliche Licht eine milchweiße Farbe verlieh, herangeritten kam.

Die Nachrichten, die eine Stunde vor Ankunft der Geladenen eingetroffen waren, besagten, daß in der ersten Gruppe Gäste aus unterschiedlichen Landschaften Albaniens vertreten sein würden: Hauptmann Gjon Gjonmadhi aus dem berühmten Geschlecht der Komnenis, Ded Mark Deda, das Oberhaupt von Kelmendi, weiter Zylyftar Bey Toska aus dem Süden, der Bannerträger von Dibra e Madhe, Elez Alia, weiter Hauptmann Ulqinaku, Shema Alarupi aus dem alten, fast schon erloschenen Geschlecht der Muzakas, Ajdini, der Fürst von Dibra e Vogël, dann zwei Brüder aus der Familie der Bilbil, der berühmte Shema mit dem Zweitnamen Komitadschi und schließlich Nik Toska, der Urenkel des Gjin Bue Shpata.

Nuh Efendi beobachtete, wie sie nacheinander vom Pferde stiegen und, ohne sich auch nur die Beine zu vertreten, auf ihn zukamen, von ihren Wächtern gefolgt. Von ihrer merkwürdigen Tracht, die der türkischen Kleidung so ganz und gar unähnlich war, fielen Nuh Efendi zuerst die Opanken mit den Quasten an der Spitze auf. Es waren rote Bommeln, die sich bei jedem Schritt, blutigen Köpfen erzürnter Vögel gleich, in die Höhe reckten. Während sie sich näherten, konnte Nuh Efendi ihre Kleidung insgesamt wahrnehmen: die mit glänzenden Fäden bestickten Jacken, die weißen Fustanellen und die ebenso weißen Filzgamaschen, die schwarzen, langen Tuchmäntel, die auf beiden Seiten der Schulter auseinanderklafften wie aufgerissene Drachenmäuler, die Streifen auf den Hosen aus weißem Wollfilz und die weißen Kappen der Albaner, die keiner anderen Kopfbedeckung glichen und den Eindruck erweckten, es habe während der Reise auf die Köpfe ihrer Träger geschneit. Und dann die Waffen: Jeder der Gäste trug zwei oder drei Pistolen im Gürtel, alle mit verzierten Griffen. Schon vor vielen Jahren hatten die Albaner das Recht erworben, mit den Würdenträgern des Staates zu sprechen, ohne ihre Waffen ablegen zu müssen.

Nuh Efendi ging, von seinen Begleitern gefolgt, mit kleinen Schritten auf sie zu, verbeugte sich leicht, legte dabei die rechte Hand aufs Herz und entbot ihnen mit einfachen, freundlichen Worten den Willkommensgruß. Sein dunkelgrüner Seidenrock glich einer ruhigen Wasseroberfläche unter dem Licht des Mondes, während ihre unruhige, grelle Tracht an einen Sturmwind denken ließ. Nicht im geringsten hätte Nuh Efendi sich gewundert, hätte er aus diesen Gewändern das Pfeifen des Windes über frostbedecktem Gefilde gehört.

Den ganzen Abend über dauerte die Ankunft der Geladenen. Und jedesmal, wenn er sich zu ihrem Empfang hinausbegab, fühlte sich Nuh Efendi merkwürdig müde. Er geleitete die Gäste zum Rathaus der Stadt, wo sie der flinke Hadschi Hazır in seine Obhut nahm.

Auf beiden Seiten der Straße standen die Bewohner von N., um die Ankunft der Arnauten, ihrer jahrhundertelangen Nachbarn, zu bestaunen. So lange schon lebten sie an der Grenze Albaniens, doch dessen Angelegenheiten waren ihnen immer unverständlich, auf alle Fälle aber fremd geblieben. Die Albaner selbst verhielten sich so geringschätzig, daß man hätte sagen mögen, sie ritten wie im Schlaf durch die Gassen, wenn ihr Weg sie einmal hierher führte. Und nun diente diese Stadt, diente ausgerechnet N., das sie nie für voll genommen hatten, als Ort der Versöhnung.

Gegen acht Uhr abends, beim Schein der Laternen, kamen gleichzeitig mehrere Gäste zu Pferde: Gjin Karbunara, der Führer der Himarioten, Gajtan Kosovari, Gjakovas Bannerträger, und Hauptmann Gjatolliu mit zwei Namen: einmal Vasil, zum anderen Ali, weiter Dok Krasta, Anführer und Lehrer mit dem Beinamen »der Skipetare«, Lekë Gjini, der Anführer der Dukagjin-Ebene, Nachfahre des alten Geschlechts der Dukagjin, Memiu aus der ihrer Gelehrsamkeit halber bekannten Familie der Frashërlli, weiter der schon viermal zu Kerker verurteilte Gjorg Mokrari – einäugig infolge der Folterungen und in seiner Gegend in einem

Heldenlied besungen – und schließlich Bato Dibrani, der Lehnsherr.

Nach dem Empfang dieser Gruppe kehrte Nuh Efendi wie zerschlagen in die »Wallfahrt der Störche« zurück. Obgleich man nicht damit rechnete, daß nach dieser Stunde noch weitere Gäste ankommen würden, legte er, für alle Fälle, das offizielle Gewand noch nicht ab. Es waren zwar schon viele der Geladenen da, dennoch würden wohl die meisten erst am nächsten Tag, den ganzen Vormittag über, eintreffen. Die Hände auf dem Rücken, schritt Nuh Efendi in seinem Zimmer auf und ab. Irgendwie konnten sich seine Gedanken nicht von der Tracht der Gäste lösen. Diese schneeweißen Fustanellen schienen mit Bedacht dazu geschaffen, einem den Sinn zu verwirren. Außer den großen Paschas, so hatte Nuh Efendi erfahren, besaß Albanien noch kleinere Anführer, ja, ein Freund hatte ihm seinerzeit gesagt, es seien eben diese kleinen Anführer, die in Albanien mehr als die berühmten Wesire den Geist des Aufruhrs am Leben hielten. Es waren Anführer von besonderer Art. Die meisten von ihnen waren von selbst in diesen Rang aufgestiegen, da sie durch irgendein Ereignis, einen Kampf vielleicht, Autorität beim Volk gewannen, und nur selten mochte es vorgekommen sein, daß die Zentralgewalt sie dann nicht offiziell anerkannte. Ein Teil von ihnen entstammte den alten, halblegendären Familien der einstigen Landesfürsten, deren Wurzeln, wenngleich sie – ginge es nach den osmanischen Archiven – bereits ausgerottet waren, durch die Zeitläufte noch immer junge Triebe hervorbrachten. Die anderen waren junge Hauptleute, während des letzten Sturms herangewachsen. Als Nuh Efendi zum erstenmal davon erfahren hatte, daß sich die Hohe Pforte ernsthaft anschickte, mit diesen halbamtlichen Anführern Frieden zu schließen, hatte er sich gewundert. Wie war es möglich, daß der Sultan, der doch mit einem einzigen Faustschlag höllischer Rache den berühmten Bushatlli und den fürchterlichen Ali Pascha vernichtet hatte, sich gegenüber diesen Wichten so zuvorkommend verhielt? Allmählich jedoch, so, wie er in den Strudel der Festvorbereitungen hineingerissen wurde, war ihm klar geworden, daß die Pforte recht hatte. Diese Anführer waren eine große, von der vierzigjährigen Fehde zwischen dem Sultan und den rebellischen Paschas fast unberührt gebliebene Kraft. Einige von ihnen hatten sich in die Streitigkeiten eingemischt, die meisten aber hatten abseits gestanden, aus Gründen, die Nuh Efendi unklar blieben. Er konnte nicht begreifen, warum diese Führer, deren Beziehungen zu den großen Paschas doch eher kühl gewesen waren, sich gegenüber der Zentralgewalt noch frostiger, um nicht zu sagen eisig verhalten hatten. Nicht erst jetzt, da die großen Paschas nicht mehr waren, sondern bereits zu deren Lebzeiten hatten die kleinen Anführer viel mehr Macht in der Hand gehabt, als gut sein konnte. Bisweilen hatten sie sogar den schrecklichen Paschas mehr Kopfzerbrechen bereitet, als es die Zentralgewalt vermocht hätte. Nuh Efendi war völlig davon überzeugt, daß der einzige Weg, der zu einer Beseitigung der Zerwürfnisse mit Albanien führen konnte, darin bestand, mit eben diesen Albanern im Guten auszukommen und ihnen gegenüber Milde walten zu lassen.

All dies überdachte er, als er in seinem Zimmer auf und ab ging. Obgleich er müde war, brachte er es nicht fertig, sich niederzulegen. Es war wie die Müdigkeit von Pferden, die ihn überkommen hatte, eine Müdigkeit, die nicht überwunden werden konnte, wenn er sich hinlegte. Die verfluchten Fustanellen, so wiederholte er ein paarmal im stillen. Sie waren es, meinte er, die seine Schwindelgefühle verursacht hatten. Wenn ihm auch nach allem, was er von ihnen gehört hatte, bewußt war, welch dickschädlige Draufgänger die Gäste sein mußten, so hatten sie doch Beklommenheit bei ihm hervorgerufen, vor einigen Stunden, als er mit ihnen zusammengetroffen war. Und inzwischen war ihm klargeworden, daß diese Empfindung zum Teil von ihrer Kleidung herrührte. So verwegen sie immer noch sein mochten, auch wenn sie den osmanischen Kaftan trügen, dieses gesegnete Seidengewand, das schlaftrunken über den menschlichen Körper seine paradiesischen Farben ausgoß – ein tiefes Grün, Himmelblau oder die Farbe des Flieders –, ja, so berüchtigt sie waren, würden sie in diesen Staatsgewändern doch annehmlicher wirken. So aber, in ihren verrückten Trachten, jagten sie einem Schrecken ein. Nun verstand Nuh Efendi, warum der Große Padischah Fachleute bestimmt hatte, die sich vornehmlich mit der Vereinfachung und der Beseitigung der Nationaltrachten beschäftigten. Der Tracht der Arnauten saß die Rebellion in jedem Ärmel und in jeder Naht, ganz zu schweigen von den Falten der Fustanellen, die einander anzublasen und aufzuhetzen schienen wie die Wogen des Meeres, vor allem aber von jenen Quasten an den Opanken, mit denen sie wohl das ganze Reich in Brand stecken wollten.

Nuh Efendi schlief erst spät ein. Einmal wurde er geweckt, und er dachte, eine verspätete Gruppe von Gästen sei noch angekommen, doch es war etwas anderes: Man wollte nur seine Meinung über den Schleier einholen, mit dem das Hauptbaklava verhüllt werden sollte. Sein Gehilfe Hafiz Bina kam noch später zu seinem Schlaf, während sein anderer Helfer, Durmiş Dur Ali, die ganze Nacht wachend im Hippodrom verbrachte.

Man weckte Nuh Efendi zeitig am Morgen. Bei Sonnenaufgang waren angekommen: die Bannerträger der Verfluchten Almen – Pjetër Nika und Nik Pjetri, der Volkstribun Çerçiz Hapsanaku, sechsmal gekerkert und taub, der Anführer von Kashnjeti – Stresi der Jüngere, von dem es hieß, er sei ein Nachfahr der Balshas, die Hauptleute Çelo Karafil Plaku und Cute Allamani – auf einen von ihnen, den ersten, gab es ein Volkslied – und schließlich Babë Vuçiterni, der Vorsitzende im Rate der Männer, ebenfalls im Lied besungen.

Den ganzen Morgen über trafen noch Gäste ein. Die schon am Vortag Angekommenen besichtigten die Stadt, begleitet von ihren Wächtern und von Angestellten des Rates, die eigens dafür ausgesucht worden waren. Der Tag war sonnig, nur ein wenig windig. Weiße schönwetterwolken schwebten verspielt von Horizont zu Horizont. Auf einem der Plätze der Stadt war eine Musikkapelle zu hören. Überall spürte man eine festliche Atmosphäre.

Zweimal mußte Nuh Efendi sein Mittagessen unterbrechen, um noch Gruppen verspäteter Gäste willkommen zu heißen. Um halb drei kamen die letzten an: der achtzigjährige Doskë Velabishti, das Oberhaupt der Ebene von Korça, sodann Bardh Gjorgu, der Anführer von Shpati, der von Gjorg Golemi abstammte und von dem es hieß, er habe Kinder mit einer Waldfee gezeugt, weiter Shpend Shendëllia, der Volksheld, über den es drei Lieder gab – eines von ihnen wurde sogar getanzt! – und endlich der Lehnsherr Xheladin Lufta.

Danach kam keiner mehr. Mit ganz wenigen Ausnahmen waren alle Geladenen erschienen. Es ging auf drei. Grüppchenweise begaben sich die Gäste zum Hippodrom. Alles war bereit. Die Zentrale Kommission und die Unterkommissionen hatten ihr Bestes gegeben. Das war sogleich zu merken: Nirgends war ein Mißgeschick vorgefallen, alles lief wie am Schnürchen. Nuh Efendi bedauerte lediglich, daß er sich nicht so wohl fühlte, daß er das Fest in vollen Zügen hätte genießen können.

Als er beim Hof des Rathauses anlangte, wo die Kutschen der hohen Würdenträger auf ihre Herren warteten, traf er am großen Tor mit Muhardar Pascha zusammen. Dieser bemerkte Nuh Efendis gequälte Miene.

»Was ist mit dir?« fragte er. »Du machst einen leidenden Eindruck.«

»Ich bin nur ein wenig müde, mein Pascha«, entgegnete Nuh Efendi und verbeugte sich leicht.

»Kein Wunder«, meinte der Pascha. »Die beiden letzten Tage waren recht anstrengend, besonders für dich. Doch nun ist es ja bald vorbei, nicht wahr?«

»Das heutige Bankett bereitet mir noch Sorgen«, sagte Nuh Efendi. »Es ist das erste große offizielle Nachtmahl, und jedenfalls ...«

Muhardar Pascha sah ihn eine Weile mit unverwandtem Blick an.

»Hör zu«, sagte er dann, »du brauchst nicht unbedingt zum Hippodrom zu kommen. Schließlich sind deine Gehilfen dort, und wir alle ja außerdem, so daß ...«

»Vielen Dank, mein Pascha«, antwortete Nuh Efendi und verneigte sich abermals.

»Das Bankett soll so prächtig wie möglich werden«, erklärte Muhardar Pascha. »Schließlich und endlich hängt bisweilen von einem gut oder schlecht vorbereiteten Essen alles ab.«

»Ja, mein Pascha.«

»So geh also«, ließ sich der Pascha vernehmen, »geh und widme dich dem Bankett.« Er ging auf seine Kutsche zu, und als er den Fuß auf das Trittbrett setzte, wandte er sich nochmals um: »Und ruh dich ein wenig aus. Dieser Tag war für dich wirklich sehr anstrengend.«

Nuh Efendi verbeugte sich zum drittenmal.

Als das Gefährt des Paschas das Tor mit dem eisernen Gitter passierte, machte sich Nuh Efendi auf die Suche nach seiner eigenen Kutsche. Der Kutscher hatte eben noch zwischen Dutzenden anderer Wagen eine freie Stelle finden können.

Während die Kutsche des Nuh Efendi dem alten Kloster zustrebte, in dessen Kirche das Bankett gegeben werden sollte, kamen ihm auf der Straße, die zum

Hippodrom führte, zu Fuß, zu Pferd und zu Wagen Hunderte von Menschen entgegen. Sie waren froh und erwartungsvoll gestimmt, wie jede Menge, die sich anschickt, ein großes Spektakel zu erleben. Hier und da tauchten dazwischen die Kutschen der wichtigen Würdenträger auf, deren Köpfe hinter den Türscheiben kaum auszumachen waren.

Auf einem großen, von sechs Pferden gezogenen Wagen preschten lachend und lärmend die aus Stambul herbeigeholten Tänzerinnen in Windeseile an ihm vorbei. Etwas später kamen die Gaukler, unter denen Nuh Efendi den berühmten Ali Ibret zu erkennen glaubte, von dem es Jahr für Jahr hieß, er sei während einer Aufführung getötet worden, irgendwo an der Grenze. Dann hatte Nuh Efendi den Eindruck, er hätte hinter der Scheibe einer Kutsche das Oberlippenbärtchen von Aga Leichtfuß entdeckt, und gleich danach ratterten zwei Kutschen vorüber, aus denen man Gesang hörte.

Da sind, so scheint's, alle Genußbolde von Stambul gekommen, murmelte Nuh Efendi vor sich hin – mit einem Gefühle der Verachtung.

Die Dämmerung brach herein. Bald muß wohl die Parade zu Ende sein, dachte Nuh Efendi. Um ein wenig Luft zu schöpfen, hatte er sich in eine stille Ecke des Klosterhofes zurückgezogen, wo ein paar hohe Kastanienbäume standen. Vor dem verfallenen Mauerwerk wirkten auch die Bäume noch älter, als sie waren. Von den weiter hinten gelegenen Wandelgängen, in denen man die Küchenräume eingerichtet hatte, drangen gedämpfte Geräusche herüber. Nuh Efendi blickte nach der Uhr. Wieder mußte er an die Parade denken. Sicher ist sie bald zu Ende.

Raschen Schrittes ging er über die bröckeligen Steinplatten schnurstracks zur Kirche.

Die große, aus über vierzig Tischen zusammengestellte Tafel war schon eingedeckt. Eine Weile blieb Nuh Efendi stehen und ließ seine Augen darauf weiden. Der ganz mit Atlas und Seide ausgekleidete Kirchenraum war nicht wiederzuerkennen. Bisher war nur ein Teil der Leuchter angezündet worden, doch den silbernen Gefäßen, den Pfannen und zahllosen Löffeln genügte das, um schweigend mit dem Lichtschein auf dem für das Gastmahl bestimmten Tisch zu spielen.

Nuh Efendi ließ sich auf einem weichen Sessel nieder. Vor großen, offiziellen Banketten hatte er immer gern so gesessen und auf den Beginn des Gastmahls gewartet. Alles war ruhig, halb wie im Traum. Nebenan, irgendwo hinter der Seidenbespannung, hörte man die Leute hantieren, die die Gäste bedienen sollten, gelegentlich auch ihr Wispern. In einer Nische, auf einem etwas erhöhten, mit einem Plüschteppich bedeckten Platz, lagen die Instrumente der Kapelle.

Unwillkürlich seufzte Nuh Efendi. Noch immer verweilte sein Blick auf der gedeckten Tafel. Solche kostbaren Schüsseln und Anrichteplatten und ihr vornehmer Glanz hatten sein ganzes Leben begleitet. Ihr Klirren war ihm verständlicher als die gesprochene Sprache. Jener fröhliche und monotone Klang, in dem bisweilen ein Warnruf oder Entsetzensschrei mitschwang. Zum hundertsten-, vielleicht zum tausendstenmal mußte er an den Großwesir Yusuf denken, und er sah es wieder vor sich: Sein Lachen brach jäh ab, und sein Kopf sank vornüber in eine Silberschüssel, mitten hinein in die Fleischbrocken, deren Tunke sein Gesicht besudelte. Die Tischnachbarn hatten entsetzt aufgeschrien, seinen Kopf angehoben, ihm mit einem Tuch Bart und Stirn abgewischt. Einige hatten danach sogar erleichtert aufgeseufzt. Doch zu früh hatten sie sich beruhigt. Das Antlitz des Wesirs war kreideweiß. Eine Stunde danach starb er. Noch mitten in der Nacht waren Nuh Efendi und Dutzende anderer, angefangen von den geringsten Küchengehilfen bis hin zu den höchsten Beamten des Protokolls, verhaftet worden.

Nuh Efendi erhob sich aus dem Sessel und tat ein paar Schritte zur Tafel hin. Sooft er an die Tage seiner Internierung dachte, stand er unwillkürlich auf, als könne er sich seiner einsamen Spaziergänge auf der Chaussee nahe dem von der Welt abgeschiedenen K. nur erinnern, wenn er, wie damals, auf und ab ging.

Wie er so an den Tischen entlangschritt, spürte er, wie neben dem silbrigen Glanz der Gefäße ihre prachtvollen Wappen, Inschriften und Gravuren seinen Weg, das Wandeln eines hohen Würdenträgers, begleiteten. Mein Gott, dachte er. Ein ganzes Leben mit diesem Silber, dieser Bronze. Abordnungen jeglicher Art mit den unterschiedlichsten Sprachen und Gebräuchen. Ungarische Gäste und Mamelucken, Russen und Moldowaner, Österreicher und Perser. Und immer das gleiche Klirren der Schüsseln, das gleiche Klappern der Bestecke.

Bei einem runden, etwas abseits aufgestellten Tisch, auf dem das große Baklava prangte, blieb er stehen. Die vier Zipfel des gelben, mit Goldstickerei gesäumten Schleiers, der das Gebäck verhüllte, hingen über die Backpfanne herab. Er lüftete eine Ecke des Schleiers, und für einen Augenblick ruhte sein Blick auf dem aufgedeckten Teil des Baklava.

Die Stunde des Banketts nahte, doch noch immer gab es keinerlei Anzeichen für die Ankunft der Gäste. Das Baklava war sorgfältig in rhombenförmige Portionen geschnitten worden. In ihrem Sirup... In ihrem Sirup... Nein, dachte er, genug mit den Tollheiten. Nach der Vergiftung des Großwesirs quälten ihn bei jedem offiziellen Bankett böse Vorahnungen, in jeder Speise, jeder Leckerei argwöhnte er Gift. Er versuchte, derlei Gedanken zu verdrängen, doch es wollte ihm nicht gelingen. Wirklich hatte er auch soeben erst wieder bei der Betrachtung der gedeckten Tafel die verhängnisvolle Speise herauszufinden versucht. Wie um seinen Verdacht zu verscheuchen, schüttelte er den Kopf. Es wäre töricht, anzunehmen, daß derartiges an einer Tafel mit fünfhundert Bewaffneten geschehen könnte. Nun lächelte er: Wie viele Bankette waren seit damals ausgerichtet worden, wie viele Male hatte er sich innerlich gepeinigt, und doch war nie wieder etwas geschehen. Nein, alle Zeichen deuteten auf das Gegenteil hin. Ich muß ein wenig an meine Nerven denken, sagte er sich. Sobald ich wieder in Stambul bin, sollte ich einmal bei Doktor Karajannis vorsprechen. Unbedingt, fügte er nach einer Weile hinzu und ließ den Schleierzipfel wieder über die Backpfanne fallen.

Nun nahm er seinen Rundgang um die Tafel erneut auf, und das erinnerte ihn wiederum an seine Verbannung, an die Pappeln beiderseits der Chaussee bei Karagümrük, darüber der gespenstische Mond seiner Verbannung.

Weshalb kommen sie so spät? wiederholte er ein paarmal und zog dabei seine silberne Taschenuhr aus der kleinen Westentasche. Er beruhigte sich mit dem Gedanken, daß Verspätungen bei der Eröffnung von Festlichkeiten die natürlichste Sache der Welt seien. Aus irgendeinem Grund tauchte in seinem Gedächtnis der Wagen mit den Tingeltangeltänzerinnen auf, der in Windeseile an ihm vorbeigeprescht war. Dann hielt er in seinem Gang inne und legte einen Löffel gerade, der ihm etwas schief angeordnet schien. Unwillkürlich mußte er an die Lücken in Dur Alis Biographie denken, und wieder blieb er stehen. Wo hast du bloß so lange gesteckt, sagte er bei sich und starrte unentwegt auf eine der tiefen Schüsseln, als liege darin die Wahrheit über Dur Ali. Wo nur? Das kleine Auge wie eine Bohrerspitze, das steife Bein ... Ich bin gespannt, dachte er. Ich hätte mich lieber ein wenig ausruhen sollen, wie es Muhardar Pascha mir riet. Die Blicke des Paschas waren offen gewesen, klar wie Glas ... Keine Trübung darin, kein Falsch ... Schäm dich, an so etwas überhaupt zu denken, hätte er sich beinahe selbst laut angeschrien. Du versündigst dich!

Kerzengerade und majestätisch schritt er an den vergoldeten Näpfen mit dem Reispudding vorbei, ohne auch nur den Kopf zu wenden. Ihm schien, er werde ruhiger. Jeden Moment müssen sie kommen, dachte er. In diesem Augenblick spürte er, daß jemand den Raum betreten hatte. Er drehte sich um und ließ ein kurzes

»Ach!« vernehmen. Es war Durmiş Dur Ali. Beim fahlen Schein der Leuchter war dessen Gesicht nicht deutlich zu erkennen. Die beiden schauten einander von weitem an, doch ihre Blicke konnten sich nicht treffen.

Sein rechtes Bein mühsam hinter sich herzerrend, als müsse er es von einem Haken reißen, hinkte der Hauptmann vorwärts. Es schien Nuh Efendi, als hätte Dur Ali Soße auf einem seiner Hosenbeine. Vorsicht, du machst deine Uniform schmutzig, wollte er ihm zurufen, doch da blieb der andere stehen. Gerade vor dem Hauptbaklava hatte er haltgemacht, mit der einen Hand hob er einen Zipfel des Schleiers, mit der gleichen Bewegung wie kurz zuvor Nuh Efendi, als hätte er diese Bewegung von ihm ausgeborgt. Nuh Efendis Herz schlug langsam. Der Hauptmann blickte ihn gar nicht an. Er war kreidebleich im Gesicht.

Mit der gleichen, wie von einem Schlafwandler entlehnten Bewegung nahm Dur Ali eine Gabel vom Tisch und spießte sie in eine der Baklava-Rhomben. Nuh Efendi sah das Aufblitzen der Gabel, die nun von der unsicheren Hand des Hauptmanns zum Munde geführt wurde. Er wollte ihn anschreien: »Was tust du da? Verunstaltest das zeremonielle Baklava?« Doch er brachte kein Wort hervor.

Dur Ali stützte sich mit dem anderen Arm auf den Tisch, als müsse er sich festhalten, und dann erbrach er sich.

Nuh Efendi stürzte auf ihn zu, schob die Baklava-Pfanne mit einer Hand beiseite, und mit der anderen faßte er Dur Ali an die Stirn. »Was ist? Was ist los?«

fragte er ein ums andere Mal. »Was hast du denn?« Dur Ali gab keine Antwort. Sein ganzer Körper wurde wie von Krämpfen geschüttelt, er versuchte, zu erbrechen, aber es ging nicht. Seine dünnen, wachsgelben Finger krallten sich an der Tischkante fest. Todesschweiß glänzte auf seiner Haut.

»Wo sind die anderen? Weshalb kommen sie so spät?« rief Nuh Efendi schließlich aus.

Das rechte Auge des Hauptmanns blitzte auf und verlosch sogleich wieder.

»Sie sind dort«, stammelte er. »Geh hin und sieh sie dir an ... alle ... alle niedergestreckt ...«

Erst jetzt bemerkten Nuh Efendis weit aufgerissene Augen, daß das Rote auf den Hosen des Hauptmanns keineswegs Soße war, sondern Blut.

Und schlagartig wurde ihm alles klar.

IV

Kanzlei des Sultans. Streng geheim. Bericht über die Ereignisse vom 31. März.

Nach Ihren allerhöchsten streng geheimen Weisungen, die nur mir und Durmiş Dur Ali bekannt waren, wurden am Mittag des 31. März die Waffen der Soldaten, die an der Parade im Hippodrom teilnehmen sollten, durch geladene Gewehre ersetzt. Die Soldaten und Offiziere der Parade wurden davon in Kenntnis gesetzt, dabei erklärte man ihnen, es geschehe aus Gründen der Sicherheit, da unsere Abwehr über Hinweise verfüge, daß die Albaner, bewaffnet wie sie waren, im Hippodrom eine offene Rebellion entfachen könnten usw. usw. Um die vollständige Geheimhaltung der Tatsache, daß die Gewehre geladen waren, zu gewährleisten, wurden alle Truppen, die für die Teilnahme an der Parade vorgesehen waren, in der Kaserne und auch im Hippodrom von allen anderen isoliert. Um zwei Uhr nachmittags nahmen sie Aufstellung.

Was nun das große Geheimnis des kaiserlichen Katil-Fermans anbelangt, so hatte keiner Einblick, auch ich selbst nicht, bis zu dem Augenblick, da Durmiş Dur Ali den Befehl aus seiner Brusttasche hervorzog, um ihn den Truppen von weitem zu zeigen, einen Moment, bevor er das Kommando »Feuer!« gab. Keiner der beteiligten hohen Würdenträger wußte etwas von der Existenz dieses Fermans, alle meinten eben das Gegenteil – daß die Festlichkeiten friedlich und in großer Eintracht verlaufen sollten. Nur so ist es zu erklären, daß alle Vorbereitungen mit der größten Ernsthaftigkeit betrieben wurden, und nur so wird verständlich, warum die Späher der Albaner, die mit Gewißheit jede unserer Bewegungen verfolgten, um herauszufinden, ob an der Sache irgendwo ein Haken sei, getäuscht werden konnten.

Um vier Uhr kamen die albanischen Oberhäupter in großen Scharen, so, wie sie eingetroffen waren, durch das Haupttor des Hippodroms geritten, und die Pferde wirkten ebenso stolz wie ihre Reiter. Da gab Hauptmann Durmiş Dur Ali, in Ausführung des allerhöchsten kaiserlichen Befehls, nachdem er, wie bereits oben erwähnt, den Truppen den Katil-Ferman gezeigt hatte, das Kommando, das Feuer auf die Verfluchten zu eröffnen. Mit einzelnen Ausnahmen, die mehr von der Verwirrung herrührten als von einer etwaigen Unbotmäßigkeit, feuerten die Soldaten und Offiziere ihre Gewehre ab. Es sei nicht verschwiegen, daß es auch unter den Unsrigen Unklarheiten gab, sogar bei meinen engsten Helfern wie auch bei den höchsten Vertretern der Stadt N. Auch verbreitete sich, wie nicht anders zu erwarten war, Panik unter den Zuschauern, es gab Schreckensrufe, Angstschreie, Ohnmachten und was dergleichen Dinge mehr sind.

Was nun *jene* anbelangt, so geschah das, was zu erwarten war. Sobald sie die erste Salve hörten, rissen sie ihre Waffen aus dem Gürtel und feuerten zuerst wild um sich, dann gezielt auf die Soldaten. Was daraufhin geschah, ist nicht zu erzählen und nicht zu beschreiben. Es war das kalte Grausen, einem teuflischen Sturm gleich. Sie sprengten auf ihren Pferden in alle Himmelsrichtungen, doch überall empfingen sie die Gewehrsalven. Das Feld war bald angefüllt mit Schreien, Pferdegewieher und Pulverqualm. Es war wie in der Hölle: Blutüberströmte Männer auf Pferden oder blutüberströmte Pferde unter den Männern, Pferde, die ihre Reiter abgeworfen hatten, andere Pferde, die wild durch das Hippodrom galoppierten und deren Reiter mit den Füßen in den Steigbügeln hingen oder die von ihren Rössern geschleift wurden und dabei noch immer schossen.

Das Feld war mit Pulver und Blut bedeckt. Einige vermochten durchzubrechen und gelangten bis in die Nähe der Tribünen, doch dort erwartete sie ein neuer Feuerstoß. Einer mit einem zerschossenen, blutüberströmten Gesicht konnte sogar fast bis zu uns vordringen, der feuerte wild um sich und drohte wie ein Dämon, bis wir von der Tribüne auf ihn schossen, und er fiel tot nieder. Die sich noch weiter durchkämpfen konnten, gar bis zum Eingangstor des Hippodroms, wurden dort von einer letzten Gewehrsalve erwartet. Sobald sie gewahr wurden, daß kein Entkommen war, kehrten sie pfeilgeschwind zurück, um mit den anderen gemeinsam zu sterben.

Das Blutbad dauerte ungefähr eine Stunde. Sie bäumten sich auf wie Raubtiere in der Falle, streckten die Hände aus, als wollten sie die Kugeln auffangen, und taten alles, um ihr Rebellenleben so teuer wie möglich zu verkaufen. Von tiefem Schmerz erfüllt teilen wir mit, daß ihre verfluchten Kugeln 139 unserer Offiziere und Soldaten töteten; deren Seelen stiegen sogleich vom Schlachtfeld in die ewigen Gefilde des Paradieses empor.

Jene aber wurden niedergemäht, einer nach dem anderen, und der Todesritt der wenigen, die noch lebten, glich zunehmend einem schrecklichen Traumbild. Die Mehrzahl war zu Boden gestreckt, und das Häuflein derer, die noch auf ihren Pferden saßen und über die Leichen ihrer Gefährten strauchelten, wurde kleiner und kleiner. Dann kam der Augenblick, da allesamt dahingestreckt lagen, und nur ein einziger war übriggeblieben, der irrte weiter auf seinem Pferd umher wie ein böser Geist. Sechsmal warfen ihn die Kugeln zu Boden, und sechsmal schaffte er es, sich wieder zu erheben, um seine verhängnisvollen Runden weiter zu reiten.

Da erhielten die Truppen den Befehl, mit den Bajonetten gegen jene vorzurücken und auf die einzudringen, in denen vielleicht noch Leben sein mochte. Und hierbei wurden nun von jenen Unholden, die ihren Geist noch nicht aushauchen wollten, weitere hundert unserer Offiziere und Soldaten umgebracht, Licht leuchte ihren Seelen in Ewigkeit! Mit so hohen Verlusten unsererseits hatten wir nicht gerechnet. Sie rührten daher, daß die Wut, die sie ergriff, als ihnen das widerfuhr, was ihrer irren Denkweise zufolge »Verrat« war, jegliche Grenzen menschlichen Zorns weit überschritt. Zu den Ursachen für die so hohen Opfer gehörten auch ihre teuflischen Trachten, in denen es so viele leuchtende Farben gibt, vor allem rot auf weiß, so daß unsere Soldaten, als sie sie mit den Bajonetten durchbohrten, Mühe hatten, festzustellen, welche von ihnen verwundet waren und welche nicht, denn die Farben ihrer Kleidung wurden eins mit der Farbe des Blutes, so daß etliche auf den Tod Verwundete gar nicht verletzt zu sein schienen, manch anderer hingegen, der kaum verwundet war, blutgetränkt schien. Doch war es wohl bestimmt, daß alles so kommen sollte, und unser Blutopfer war Allahs Wille.

Als alles vorbei war und das Volk das Feld verließ, wurden die Tore des Hippodroms geschlossen, und es wurde Befehl gegeben, daß keiner hinein dürfe, vor allem nicht die Konsuln der europäischen Staaten, die auf Euer allerhöchstes Geheiß zur Eröffnung des Festes nicht geladen waren. Die ganze Nacht hindurch machten sich die Soldaten mit den Leichen zu schaffen. Nachdem sie die Köpfe abgetrennt hatten, warfen sie die Leiber auf Karren, um sie an einem Ort namens

Yetimbatak, einem öden Feld in der Umgebung der Stadt, in Massengräbern zu verscharren.

Ums Morgengrauen war das Verpacken der Köpfe abgeschlossen. Diese versandten wir sogleich, nachdem sie in große Kisten verladen waren, in die Hauptstadt. Gleichzeitig schickten wir dorthin alle silbernen Platten und Gefäße, die auf Euer allerhöchstes Geheiß benutzt werden sollen, um die Häupter feierlich dem Herrscher zu präsentieren.

Im Laufe des Vormittags wurden sämtliche Verträge mit den einheimischen Händlern über die Lieferung von Fleisch, Gemüse und Butter und die Kontrakte mit den Hoteliers und Hanbesitzern widerrufen. Ein jeder erhielt eine Abfindung von zehn Lira. Auch wurden alle Musikkapellen, Tänzergruppen und Gauklertruppen aufgelöst. Ihnen allen wurden zweiundzwanzig Prozent der vertraglich vereinbarten Summe ausbezahlt. Was aber die Kleider und Waffen, wie auch die anderen Dinge anbelangt, die von den nichtswürdigen Arnauten geblieben sind – die werden wir morgen mit einem ordnungsgemäßen Begleitprotokoll in die Hauptstadt übersenden.

Muhardar Süleman Ali Oğlan Pascha

An die Kanzlei des Scheich-ul-Islam. Streng geheim. Sonderbericht.

Was Eure allerhöchste Anforderung, betreffend die letzten Worte, die jene Elenden im Todeskampf von sich gaben, anbelangt, habe ich in Hochschätzung Eurer allerhöchsten Weisung, in der hervorgehoben wurde, daß die in der Agonie ausgestoßenen Äußerungen in diesem Fall insofern besondere Bedeutung gewinnen, als sie mit dem letzten Atemzug eines ganzen Landes zu tun haben, keine Mühe gescheut und veranlaßt, daß diese Worte gesammelt wurden.

Die Schwierigkeiten, die sich hierbei ergaben, waren nicht unbeträchtlich. Zum ersten, weil aus naheliegenden Gründen aus den Paradetruppen gleich zu Beginn alle Offiziere und Soldaten albanischer Nationalität ausgesondert wurden, so daß die Zahl derjenigen, die die verfluchte arnautische Sprache kennen, sehr stark zusammenschrumpfte. Zum zweiten – ohngeachtet des Umstandes, daß die Truppen davon in Kenntnis gesetzt worden waren, daß sie eventuell auf die Gäste würden schießen müssen, falls es die Staatsinteressen erforderten – durfte man ihnen doch nicht die ganze Wahrheit offenbaren und ihnen demzufolge auch nicht die Weisung erteilen, darauf zu achten, was die letzten Worte der anderen sein würden, wenn sie ihren Geist aufgaben. Zum anderen waren die Soldaten und Offiziere, die an dem Bajonettangriff teilnahmen gegen diejenigen, die von Allah selbst verlassen waren, in einem solchen Blutrausch, daß sie kaum darauf achteten, was die Todgeweihten lallten. Und zum vierten geschah all dies in einem fürchterlichen Durcheinander, unter Gewehrschüssen, Kommandorufen, Schreckensschreien und Pferdegewieher.

Trotz der erwähnten Schwierigkeiten haben jedoch meine Gehilfen nach eingehender Befragung aller Soldaten und Offiziere, die das Arnautische verstehen, die Sätze und Wörter aufgezeichnet, die ich nun zum Beschluß meines Berichtes mitteilen möchte: Ach! Oh!

Halt ein! Wer schießt? Wer schießt denn da? Verrat! Du verdammter Hund! Ach, was haben wir denn getan? Mein Blut! Wer erleben den April nicht mehr. Mord! Gemeine Falle! Her zu mir, hierher! Alles rot. Nein, nicht! Aus ist es mit Albanien. Wasser! Albanien stirbt nicht, nein! Schlag! Schlag! Ach!

Muhardar Pascha

V

Ich, Mahumed II., Sultan und Kalif, Herrscher aller Herrscher, der ich die Wappen der Könige und Herrscher auf allen Thronen der Welt verleihe, der ich den Dar-al-Islâm, den islamischen Raum, vergrößere und den Dar-al-Harbi, den nichtmuselmanischen Raum, verkleinere, erlasse in Istanbul, meiner glorreichen Hauptstadt, den folgenden allerhöchsten Ferman:

Vor zweiundsiebzig Tagen lud ich in dem Wunsch, Albanien die Friedenshand zu reichen, von meinem Hof aus, dem Mittelpunkt des Reiches, die führenden Köpfe jenes Landes in die Stadt N. zu einem Fest der Versöhnung.

Doch diese Teufel, Enkel und Urenkel von Teufeln, wollten unter Mißbrauch meiner kaiserlichen Großmut dieses Treffen der Versöhnung in eine Verschwörung gegen mich und das unsterbliche Osmanische Reich verwandeln. Geheimbündeleien und Parolen, Losungen, ja sogar aufrührerische Gedichte, Erinnerungen an ihre längst vergessene Fahne mit dem doppelköpfigen Vogel, dieser Ausgeburt der Hölle, entsetzliche Vorstellungen wie die Verselbständigung Albaniens und noch entsetzlichere Worte wie »Nationale Wiedergeburt«, solche und ähnliche Niederträchtigkeiten waren es, die am Vorabend des Festes zu meiner kaiserlichen Kenntnis gelangten.

Daß Maß meiner Geduld gegenüber diesem undankbaren Albanien war voll. So gab ich Befehl, die Oberhäupter Albaniens zu bestrafen, dergestalt, daß von ihnen nichts auf Erden bleibe als lediglich die Erinnerung an ihre Auslöschung.

Und so geschah es. Albanien, dieser fünfhundertköpfige Drache, ist nun ohne Kopf. Doch seine Schuld gegenüber Allah und dem Osmanischen Reich ist so groß, daß diese Bestrafung nicht im mindesten ausreicht. So verkünde ich denn als Kaiser und Statthalter des Propheten auf Erden:

Albanien wird abgeschafft.

Sein Name wird aus dem Register des Staates gelöscht und von nun an durch die folgende neue Bezeichnung ersetzt: Dritte Zone der Linken Seite des Reiches.

Alles, was damit in Verbindung steht, wird aus der Geschichtsschreibung des Reiches getilgt.

Die Dritte Zone der Linken Seite des Reiches wird in 498 Nahiye aufgeteilt, die, zu 92 Kaza zusammengeschlossen, direkt dem Beylerbeyi von Rumelien unterstehen. Die Bildung größerer Verwaltungseinheiten ist in dieser Zone untersagt. Jegliche Beziehung zwischen den einzelnen Kaza ist verboten. Jede Kaza wird durch besondere Gesetze, ein spezielles Kanunname, regiert, das sich vom Gesetzbuch des Nachbarbezirks unterscheidet. Von nun an ist der Bau von zivilen Straßen und von Brücken in diesem Gebiet untersagt. Für alle

Zeiten verboten ist die Schaffung von Paschaliks. Die Anzahl der Beamten für jede Nahiye und ihre Gehälter, die Steuern für jede Nahiye, die Abgaben an Weizen und Gerste, an Wolle und Fleisch sowie die Anzahl der Rekruten, die jede Nahiye aufzubringen hat, werden im einzelnen durch ein besonderes Regierungsdekret festgelegt.

Mahmud II., Sultan und Kalif, Licht der Welt und Schrecken der Ungläubigen, Oberherrscher.

(Kopiert von Ibrahim, Allahs ergebenem Knecht)

VI

Die Zentrale Kommission entfernte sich vier Tage nach dem Gemetzel aus N. Kurz darauf reisten die Unterkommissionen ab. Ihre Wagen fuhren eine Strecke Weges gemeinsam, dann blieb der eine hier, der andere da auf der langen Landstraße, bis sie sich endlich gänzlich voneinander lösten und einzeln, wie flügge gewordene junge Raben, der Hauptstadt zustrebten.

Zwei Tage zuvor waren die Musikgruppen und ein Teil des Bedienungspersonals in nämlicher Eile, ohne den Blick zu wenden, verwirrt, bleich im Gesicht und schweigend, bereits abgefahren.

Die Festdekoration wurde gleich am nächsten Morgen beseitigt. Noch ehe es recht tagte, hatten Lastträger die Verhandlungstische aus der Blauen Moschee herausgetragen, vorn und hinten jeweils zu zweit, als trügen sie Särge. In der Klosterkirche wurden die Seiden- und Atlastücher abgenommen, und zwischen den von häßlichen Rissen verunstalteten Mauern war alles wieder wie zuvor, düster und dunkel. Die für das offizielle Bankett vorgesehenen Speisen und Leckereien rührte zwei Tage lang niemand an. Am dritten Tag dachte man daran, sie der Armee zur Verfügung zu stellen, doch einiges war bereits verdorben, so daß man es für besser hielt, sie den Sträflingen zu geben. Da aber die Gefängnisverwaltung die Annahme verweigerte, wußte man schließlich nichts Besseres damit anzufangen, als sie den Hunden vorzuwerfen.

Es schien, als sei die Stadt durch das Ereignis runzelig und kleiner geworden. Die Straßen waren wie erstarrt, die Plätze gleichsam eingeschrumpft. In den Hammam, in dem die Soldaten und Offiziere nach dem Massaker ein gemeinsames Bad genommen hatten, wollte keiner mehr gehen.

In diesen Tagen fegte ein trockener, klagender Wind ohne Unterlaß über N. hinweg, und den Bewohnern kam es so vor, als vernähmen sie den Flügelschlag der Furien, die über der Stadt kreisten. Es war ein Wind, der einem gleichsam gläserne Körnchen aus den Augen trieb und der nur kurze, abgerissene Gesprächsfetzen duldete, mit Worten, die wirr waren wie alles andere. Es hieß, dort in der Hauptstadt habe Muhardar Pascha einen hohen Posten im Kriegsministerium bekommen und Durmiş Dur Ali sei wieder verschwunden, wohl um seiner Biographie weitere Lücken hinzuzufügen. Alaga Guyvabmeroviç gehe es gesundheitlich gar nicht gut, einige behaupteten sogar, er sei in eine Irrenanstalt, fern, an den Grenzen zum Chanat der Krim, eingewiesen worden, wohin man gewöhnlich die wahnsinnig gewordenen Staatsbeamten schickte und wo verrückte Hodschas fünfmal am Tag den Gebetsruf erschallen ließen.

Während der Wind wehte und es dabei hinter den Fensterscheiben noch heller wirkte, schrieb der englische Konsul an seine Regierung, daß im Hippodrom noch immer Spuren des Massakers zu bemerken seien, so daß er die sonst in jedem Frühjahr traditionell unter der Schirmherrschaft des britischen Konsulats stattfindenden Pferderennen nicht werde ausrichten können. Und in der Tat war das Hippodrom total verlassen. Es wurde erzählt, man bekäme die Pferde um nichts in der Welt auf die Rennbahn; sie wieherten und bäumten sich auf, sobald man sie auch nur zu den Toren führte. Außerdem verrotteten die hölzernen Tribünen, die niemand mehr wartete.

Unterdessen waren zweimal hintereinander Truppenteile in Richtung Albanien durch die Stadt gezogen. Die Bataillone marschierten langsam, gefolgt von Pferdekarawanen mit Munitionslasten. Die Helme der Soldaten, die Truhen und ledernen Geschirre waren mit einer Staubschicht bedeckt, die eher aussah, als komme sie aus dem Reich der Ermattung denn von der langen Reise. Die Leute blickten den Vorüberziehenden eine Weile nach, dann sprachen sie zueinander: »Wieder nach Albanien? Aber Albanien ist doch aufgelöst, oder nicht? Das hat jetzt einen verflixten Namen. Dritte Zone oder so ähnlich. Trotzdem marschiert die Armee dorthin. Offenbar gibt es wieder Unruhen. Wer führt die denn eigentlich an? Alle ihre Führer wurden doch umgebracht!« – »Es sind neue da, Bruder, neue Führer, noch schrecklicher als ihre Vorgänger.« – »Allah, wie ist denn das nur möglich?« – »Es sind neue da«, wiederholte der Beamte aus N., näherte seinen Kopf ganz dicht dem Ohr seines Kollegen und flüsterte ihm zu, als verkünde er ihm die schlimmste Schreckensnachricht der Welt: »Es sind durchweg völlig Unbekannte, die stehen auf keiner Liste, in keinem Protokoll.« – »Allah«, seufzte der andere. »Allah, was muß man da hören.«

Der Einzug des Frühlings, dann des Sommers, schien die Erinnerung an das Blutbad ein wenig verdrängt zu haben.

Das üppig sprießende Gras, die Blumen und die darüber hin und her flatternden Schmetterlinge schienen nur dazu da, die Menschen zum Vergessen aufzufordern. Wie früher füllten sich wieder die Kaffeehäuser, die Schornsteine des Hammams stießen wieder Rauch aus, und ein großes Regiment Soldaten, das in die Dritte Zone der Linken Seite des Osmanischen Reiches marschierte, zog gar nicht erst in N. ein, sondern verbrachte die Nacht in der Umgebung der Stadt. Dann nahte die Zeit der Weinlese, der Gevatternbesuche und Hochzeiten, und wirklich vergaß die Stadt N. allmählich das an jenem letzten Märztag vergossene Blut, das schließlich und endlich nicht ihr Blut gewesen war.

Erst die Gewitterwolken im Herbst, die von den Bergen Albaniens herüberkamen, füllten den Himmel ein ums andere Mal mit klagendem Donnergrollen. Schwer, mit schwarzen Fransen, senkten sie sich tiefer und tiefer, als suchten sie dort, in Yetimbatak, die Toten, als verharrten sie in stummer Klage über den

Gräbern, und da sie die nicht finden konnten, ergossen sie sich schluchzend in einem wärmenden Regen über sie. Doch die Einwohner drunten erbebten unter diesem Ächzen des Himmels, schüttelten den Kopf und murmelten: »Allah, wir haben doch keine Schuld.« Und sie wußten: Das würde sich wiederholen, sooft der Herbst kam, und weder sie noch jemand anders würde sich davor retten können.

Das Geschlecht der Hankonis

Eine Familienchronik

I

Zwei Tage vor dem Kauf des Grundstückes, auf dem Basri Hankoni sein Haus errichten wollte, fand die Verhandlung in dem von ihm angestrengten Verfahren gegen Jahja Toro statt. Es ging um den Amselacker, das Stückchen Land, dessentwegen sie bereits seit langem in einem Rechtsstreit lagen. Da es anhand der alten Grundbücher unmöglich war, die Grenzziehung zwischen ihren Feldern eindeutig zu klären (der Durchbruch eines Gießbaches macht die aufgrund der Schriftstücke ohnehin reichlich verwickelte Angelegenheit noch vertrackter), hatte das Gericht beschlossen, die fragliche Sache solle durch einen Schwur gelöst werden. Nach altem Brauch sollte der Eid an dem betreffenden Ort, in diesem Fall auf dem Amselacker, geleistet werden. Das geschah in Anwesenheit des Kadis der Stadt Gjirokastra, Abdulkadir Efendi, an einem Dienstagmorgen; man schrieb den 20. März des Jahres 1703. Basri Hankoni schwor einen Meineid, und die Klage wurde zu seinen Gunsten entschieden. Vor dem Eintreffen des Kadis und der Gerichtssekretäre hatte er seine Schuhsohlen mit Schlamm von seinem Feld, das an den Amselacker, das Streitobjekt, grenzte, beschmiert, und als ihn der Kadi, der nebst seinen Sekretären genau auf der Mitte des Amselackers stand, aufforderte, die Hand auf den Koran zu legen und zu schwören, sagte Basri Hankoni, ohne mit der Wimper zu zucken: »Ich schwöre bei diesem heiligen Koran, daß der Schlamm, der an meinen Schuhsohlen klebt, von meinem Grund und Boden ist.«

Und so wurde der Amselacker, der viel zu klein war, als daß er einen so langwierigen Streit gerechtfertigt hätte, dem winzigen Landgut von Basri hinzugefügt. Dieser Acker hatte, ebenso wie die übrigen Felder von Basri Hankoni und Jahja Toro nebst weiteren umliegenden Schlägen dereinst zum Timar des Heerführers Sinan Beyoğlu gehört, der es durch kaiserlichen Erlaß nach dem Ungarnfeldzug als Belohnung für seine Kriegsdienste erhalten hatte. Der Lehnsherr Sinan war schon zu seinen Lebzeiten in der Stadt Gjirokastra berühmt und berüchtigt gewesen wegen des vielen Hin und Her bei der Weitervergabe etlicher Ländereien seines Fahnenlehens. Und das war erklärlich, konnte doch der Spahi für jedes neu vergebene Lehen die Grundsteuer einheimsen, die ihm immerhin jeweils zehn Prozent vom Bodenwert einbrachte. Der Schacher, den die Lehnsherren im ganzen riesigen Reich trieben, war ein offenes Geheimnis, doch hätte man wohl schwerlich einen zweiten finden können, der wie Sinan Beyoğlu mit der ständigen Weitervergabe seiner Ländereien so viele Rechtsstreitigkeiten verursacht hatte. Dies bewahrheitete sich erst recht nach seinem Tod, als das gesamte Lehen, wiederum durch kaiserlichen Erlaß, an den tauben Spahi Turhan, den Helden der Schlacht von Kırk-Kilis, überging. Da war es schier unmöglich, noch die Grenzziehungen zwischen den Erbhöfen und all den kleinen Pacht- und Lehngütern, die sich innerhalb der Markung des Timars befanden, nachzuvollziehen. Es herrschte ein heilloses Durcheinander, so daß sich selbst die Kadis von Gjirokastra, die im ganzen Osmanischen Reich ob ihrer Findigkeit berühmt waren, außerstande sahen, die Angelegenheit zu bereinigen. Gerade zu diesem Zeitpunkt hatte Basri Hankoni, die allgemeine Ratlosigkeit nutzend, gegen seinen Anrainer die Klage wegen des Amselackers erhoben und den Prozeß gewonnen, bekanntermaßen durch einen falschen Eid.

II

Dabei wußte niemand in der Stadt Gjirokastra, woher Basri Hankoni eigentlich stammte. Einen solchen Familiennamen hatte man hier bislang noch nicht gehört. Einige meinten, er sei aus dem Lunxhëriagebirge, ein paar andere mutmaßten, er komme von den Bergen bei Tepelena. Eines aber war gewiß: dieser Hankonisproß, der sich als erster in der Stadt niederließ, war von irgendeinem Berg herabgestiegen, und gleich einem Gebirgsbach, der immer breiter wird, je tiefer er ins Tal hinunterfließt, hatte er seit seiner Ankunft in Gjirokastra ständig zugenommen und seinen Besitz erweitert. Angekommen war er mit einem Maultier, dessen Fracht aus ein paar Säcken Salz bestand. Dann zog er zwei, drei Jahre lang umher und verkaufte Salz an die Sennereien unweit der Stadt, bis er sich einen kleinen Laden nahe dem alten Han kaufte. Kurz darauf erwarb er spottbillig den Seitenflügel eines halbverfallenen Hauses im Stadtteil Palorto. Die Bruchbude richtete er notdürftig her, und eines schönen Morgens ertönte aus deren Inneren ein munteres Gewirr von Frauen- und Kinderstimmen. Seine Familie war also nachgekommen. Von deren Existenz hatte niemand etwas geahnt, und nun erging man sich wieder, wie vorher seinetwegen, in allerhand Vermutungen über ihre Herkunft, ob sie wohl aus der Lunxhëria oder von den Bergen bei Tepelena gekommen seien.

Vier Jahre später hatte sich Basri Hankoni entschlossen, Pächter zu werden auf dem Timar des Sinan Beyoğlu, das sich bis zum Stadtrand hin erstreckte. Er übernahm von einem Christen die Urkunde und den Erbhof, dessen Felder an die von Jahja Toro grenzten, was für letzteren ein Unheil bedeuten sollte, und eine Zeitlang bewirtschaftete er den Boden und setzte außerdem den Salzhandel fort.

III

Das Gelände, das Basri Hankoni gleich nach dem erfolgreichen Prozeßausgang für den Hausbau gekauft hatte, war abschüssig und steinig. Dessen Mitleid erregender Anblick hätte jeden anderen kleinmütig gemacht, doch er selbst war hocherfreut. »Seht, auf diesem steinigen Geröll werde ich ein dreigeschossiges Haus errichten!« sagte er. Er wollte ein großes Haus haben, mit einem zweiflügeligen Tor, mit Kellern, Zisterne und Stall, mit beheizbaren Zimmern für den Winter und einem großen Raum für Hochzeiten und Trauerfeiern, mit drei bis vier Schornsteinen und vielem anderen mehr.

Er hatte gehofft, durch die Vergrößerung seiner Bodenfläche mittels des Amselackers die Kosten für den

Hausbau aufbringen zu können, doch da hatte er sich verrechnet. Diejenigen, die über den Meineid im Bilde waren, tuschelten, dem Basri Hankoni werde das unrechtmäßig erworbene Gut niemals gedeihen. Der wußte natürlich, was man sich alles über ihn erzählte, doch er schüttelte nur den Kopf und sagte: »Ich allein weiß, was mich zur Verzweiflung bringt. Nicht der Meineid ist es, nein, es ist etwas anderes.«

Die Ursache war nämlich der *Ceza*, der Strafzins. Basri Hankoni war zwar Mohammedaner, und als solcher brauchte er nach dem Scheriatgesetz keinen Bodenzins zu entrichten, doch bestand das Übel darin, daß der Boden vorher einem Christen gehört hatte und aufgrund dessen zinspflichtig war. Nach den gesetzlichen Bestimmungen blieb der Strafzins in einem solchen Fall auch dann bestehen, wenn der Boden den Nutzer wechselte, und dann saß er dem neuen Herrn wie ein Fluch im Nacken. Und der Zinsfuß wurde ständig höher geschraubt. Es kam nicht von ungefähr, daß viele Menschen annahmen, das Wort *Ceza* bedeute Verhängnis, schließlich wußten sie nicht, daß dies im Sprachgebrauch der Behörden schlicht und einfach die Bezeichnung für Steuer war.

Es hätte tatsächlich schlimm ausgesehen, wenn Basri Hankoni nicht den Amselacker ergattert hätte. Der machte im Verhältnis zu der vorher bewirtschafteten Fläche zwar nur ein Drittel aus, hielt ihn aber über Wasser, denn es war zinsfreier Boden. Basri Hankoni pflegte zu sagen: »Mein rechtmäßiger Boden reißt mir die Seele aus dem Leib, und ein Stiefacker erhält uns am Leben.«

IV

Die Gruben, die für die Grundmauern von Basri Hankonis Haus schon ausgehoben waren, blieben zwei Jahre offen. Ab und zu krochen Mäuse und Skorpione daraus hervor. Mögen sie nur herauskommen, dachte er. Möge das Böse entweichen!

Er plackte sich wie ein Pferd, im Geschäft ebenso wie auf den Feldern. Doch auch im Jahre 1709 – der Zinsfuß war abermals erhöht worden – konnte er die Baukosten nicht zahlen. Er rechnete hin und her und kam dabei immer wieder auf dasselbe hinaus: Der Salzverkauf brachte ihm doch noch etwas mehr ein als die Landwirtschaft. Daraufhin bestellte er nur noch den Amselacker und ließ die übrigen Felder für zwei Jahre als Egerte. Der Lehnsherr Turhan war zwar stocktaub, dennoch kam ihm alles zu Ohren, außerdem kannte er sich gut in den Gesetzen aus. Diesen zufolge war es verboten, Boden brach liegen zu lassen, und so nahm er im dritten Jahr Basri Hankoni das Land weg, den Amselacker ausgenommen, und ließ sich die Urkunde aushändigen, um sie an einen Christen aus dem Stadtteil Varosh zu veräußern. Damit ging der Boden wieder an einen Erbpächter über. Basri Hankoni behielt also lediglich den Amselacker.

Zum Erstaunen aller kam Basri Hankoni, der nunmehr die Bürde des Strafzinses los war und nur noch den kleinen Acker besaß, der sich allerdings als Goldgrube erwies, weil er an der großen Heerstraße gelegen war, wieder auf die Beine.

V

Die Bauarbeiten wurden im Monat April wieder aufgenommen. Die Fundamentgruben wurden gesäubert, die Ausschachtungen für die Zisterne und die Kellergewölbe gingen zügig voran. Am 28. April wurde das Opfertier geschlachtet und in das Fundament eingemauert, ein schwarzer Widder mit Doppelhörnern. Im Herbst ragten die Mauern schon aus der Erde. Es war ein segensreiches Jahr für Basri Hankoni. Das Betreiben der großen Salinen im Norden, die der Walide gehörten, war dem Pascha von Berat übertragen worden. Dieser dehnte den Salzhandel über den gesamten nördlichen Teil des Staates aus. Basri Hankoni konnte das Geld scheffelweise einstreichen. Er kam kaum noch dazu, auf den Amselacker zu gehen. Dorthin schickte er seine Söhne. Er selbst widmete sich voll und ganz dem Salz. »Von dem verflixten Zeug komme ich einfach nicht los«, pflegte er halb im Scherz zu sagen.

Seine Maultiere beförderten das Salz nun nicht mehr nur zu den Sennereien in der Umgebung von Gjirokastra, sondern bis hinunter nach Saranda, manchmal sogar noch weiter, bis nach Jannina.

VI

Der Bau des Hauses währte sechs Jahre. Basri Hankoni ging Tag für Tag zur Baustelle, um den Handwerkern auf die Finger zu sehen. Er war so dick geworden, daß ihm das Laufen schwerfiel. Trotzdem überprüfte er alles bis ins einzelne: die Balken, die Qualität des Kalkmörtels, die Steinplatten für das Dach, die Türschwellen...

Im vierten Jahr brach in Gjirokastra die Cholera aus. Die Bauarbeiten wurden für Monate eingestellt. Wegen der Cholera war der Kalkpreis um das Vierfache in die Höhe geschnellt. Alles wurde mit Kalkmilch übersprüht. Basri Hankoni wartete ab, bis die Preise sanken, um dann die Bautätigkeit fortzusetzen.

Im sechsten Jahr wurden die Fenster vergittert und das Dach gedeckt; die Mühlsteine zum Getreidemahlen, die Zuleitungen für die Zisterne, die Vorratsspeicher, das große Hoftor und der wuchtige Torbalken, der es nachts verschließen sollte, alles war fertig. Niemand bemerkte, wie sie in das neue Haus einzogen, das geschah genauso unauffällig wie ihre Ankunft in der Stadt, ob nun aus der Lunxhëria oder von den Bergen bei Tepelena. Jedenfalls stießen an einem Oktobermorgen alle vier Schornsteine des großen Hauses auf einmal Rauch aus. »Die Hankonis heizen an«, sagten die Nachbarn weit und breit.

Endlich benutzten sie zum erstenmal den Familiennamen, wenn sie von den Hankonis sprachen.

VII

Vorräte für den ersten Winter: Käse 112 Oka. Butter 11 Oka. Weizen 14 dz. Mais 2 dz. Olivenöl 6 Kannen. Oliven 2 Fässer. Zucker 2 dz. Trahana 60 Oka. Gesalzenes Rauchfleisch 140 Oka. Mariniertes Gemüse 1 Faß. Blätterteig, Dörrobst, Graupen 55 Oka.

VIII

In der ersten Dezembernacht lief die Zisterne bis zum Rand voll. Geregnet hatte es auch vorher, doch das war Gewitterregen gewesen, mit Donnergrollen und Blitzen, und die Hankonis, dem alten Brauchtum verhaftet, hatten nicht gewollt, daß sich die Zisterne gleich beim erstenmal mit solchem von Unruhe begleiteten Wasser füllte. Sie warteten auf einen ruhigen, gemächlichen Regen, und erst in der ersten Dezembernacht, als es friedlich vor sich hinregnete, gaben sie dem Wasser den Weg aus den Zuleitungen in das Auffangbecken frei. Dabei beteten sie, von nun an möge keiner ihrer Generationen ein Ungemach zustoßen, ihr Leben möge in Ruhe verlaufen, gleich dem ruhevollen Einfließen des Regenwassers.

IX

In den ersten zehn Jahren nach Fertigstellung des Hauses heirateten alle fünf Söhne und die einzige Tochter der Hankonis. Basri Hankoni starb unmittelbar nach der Hochzeit seines dritten Sohnes. Es war ein kalter Winter, und es herrschte Krieg. Das Kriegsgeschehen spielte sich weit entfernt ab, an den Nordgrenzen des Reiches, doch keiner wußte mit Sicherheit zu sagen, an welchen Orten. Manche der Lehnsmänner, die in den Krieg ziehen mußten, kehrten nicht zurück. Basri Hankoni wurde auf dem alten mohammedanischen Friedhof beerdigt. Wie es bei allen Gräbern üblich war, stellten sie auch an der Stätte seiner letzten Ruhe zwei Steine auf, den einen zu Häupten, den anderen zu Füßen, diese sollten anzeigen, daß der Platz, der dem Verstorbenen nun noch im Diesseits zukam, nicht größer war als das Fleckchen Erde zwischen den Grabsteinen, mochte er hienieden noch so regsam gewesen sein, wie ein Tiger sich streckend und ständig auf dem Sprung.

Eine Woche später starb Basris greise Mutter, und im gleichen Winter gebaren die Frauen der beiden ältesten Söhne je einen Knaben. Basris Witwe, Sabeko, war leidend, und die freudigen Ereignisse verschlimmerten ihren Zustand mehr, als daß sie sie beruhigt hätten. Sie wurden von vielen Ärzten untersucht; einer war sogar aus Sofia herbeigereist, doch keiner konnte sagen, an welcher Krankheit sie eigentlich litt. Sie klagte über schreckliche Alpträume. Als einer der Ärzte sie aufforderte, ihm ihre Träume zu schildern, schlug sie heftig um sich und redete wirr. Das einzige, was er ihrem Gestammel entnehmen konnte, war, daß sie ständig von Basri Hankonis schlammbeschmierten Schuhen träumte. Allerdings konnte sich der Arzt, der von der Geschichte mit dem Meineid nichts wußte, keinen Reim darauf machen.

X

Nach dem Tode ihres Vaters krempelten die jungen Hankonis die Ärmel hoch, um ihr Hab und Gut weiter zu mehren. In dem Jahr trat eine neue Verordnung für den Salzverkauf in Kraft, der zufolge die Steuer, die vorher einen Kreuzer für drei Lasten betragen hatte, auf anderthalb Kreuzer erhöht wurde. Anfangs waren sie darob ziemlich niedergeschlagen, erwogen sogar, das Salzgeschäft aufzugeben, aber dann erinnerten sie sich des Vermächtnisses ihres Vaters, niemals von dem Salz abzulassen, komme, was da wolle, und sie beherzigten es. Den Amselacker bestellten sie weiterhin.

Der Salzsteuererhöhung folgte das nächste Mißgeschick: Ihre einzige Schwester war von ihrem Mann verstoßen worden. Die Brüder unternahmen alles mögliche, um die Familienangehörigen des Mannes dazu zu bewegen, ihre Schwester wieder aufzunehmen, doch die ließen nicht mit sich reden. Einige meinten, die Familie habe sich wegen der Mitgift erzürnt, das Getuschel anderer ging in eine andere Richtung. Da versuchten die Brüder, gewissermaßen den anderen zum Trotz, ihre Schwester erneut zu verheiraten. Doch das war leichter gesagt als getan. Die alteingessenen Familien von Gjirokastra begegneten den Dahergelaufenen, die alles überstürzten, mit Mißtrauen. Solche Eile war ihnen höchst ungewohnt. Schließlich hatte Allah für den Lauf der Dinge einen bestimmten Rhythmus festgelegt, und diese Hankonis wollten offenbar diese gottgewollte Geschwindigkeit ändern. Das gefiel keinem. Es erschreckte die Gjirokastriter sogar ein wenig.

Als die Tochter von ihrem Mann zurückkehrte, brachte das die kranke, alte Mutter völlig aus der Fassung. Schließlich erbat sich der Kadi Abdulkadir, der das Gerichtsverfahren wegen des Amselackers geführt hatte, mittlerweile zweiundsiebzig Jahre alt und Witwer, die Verstoßene zur Frau. Man gab sie ihm unverzüglich. Der Kadi war ein gescheiter Mann; in seinem Haus nahmen die Bücher die Bücher ebensoviel Platz ein wie bei den Hankonis der halbe Wintervorrat. Alle freuten sich, aber, wie so oft, schadete der alten Mutter Sabeko die Freude mehr als Kummer. Wiederum gaben sich die verschiedensten Ärzte die Klinke in die Hand, bis aus Alacehisar kamen sie, aber die Art der Krankheit war wiederum nicht feststellbar. Man ließ sie abermals von der alten Kadëne besprechen, gab ihr Haschisch zu rauchen, Igelfleisch zu essen, ließ sie den Sud von gekochten Mohnkapseln trinken, doch von all dem wurde der Alten nicht besser. Die Alpträume von Basris Schuhen quälten sie immer wieder. Sie sagte:

»Sie laufen vor mir her, immer schneller, und ich kann und kann sie nicht einholen.«

Einer der Ärzte sagte, daß die Schuhe, falls ein derartiges Paar tatsächlich existiere, unbedingt vernichtet werden müßten, damit sie die Kranke nicht mehr ängstigen. Man suchte alle Ecken und Winkel des großen Hauses ab, doch sie waren nicht auffindbar. Anscheinend hatte die alte Witwe sie gut versteckt.

XI

Mit dem neuen Wali kam ein strenger Winter. Die Dachbalken ächzten unter dem Frost wie Lebewesen. Von dem früheren Wali hieß es, man habe ihn nach Kırk-Kilis verbannt. Den Grund kannte keiner. Die einen meinten, weil er zu streng vorgegangen sei, andere behaupteten das Gegenteil: Er habe zu viel Milde walten lassen.

Der neue Wali ließ die Straße nach Jannina instandsetzen. Alle Karawanenführer waren erfreut. Die Hankonis kauften zwei weitere Mulis für den Salztransport. Im selben Jahre trennte der älteste Sohn, Hatib, seinen Wohnbereich von dem der Brüder. Er errichtete kein neues Haus, sondern ließ einen großen Erker am Westflügel des Hauses, das schon ohne den Erweiterungsbau recht groß war, anbauen. Wegen der Gütertrennung gab es keine Zwistigkeiten, doch wäre ein offener Streit besser gewesen als der dumpfe Ingrimm, der monatelang das Haus erfüllte, vom Grund der Zisterne, wo man Wasser schöpfte, bis zu dem Zimmer ganz oben, in dem man Kaffee trank. Er raubte der alten Witwe den letzten Rest ihrer angegriffenen Gesundheit. Sie schloß sich in ihrem Zimmer ein und wollte es um keinen Preis mehr verlassen. Sogar den Ärzten verweigerte sich den Zutritt. Daraufhin wollte man sie besänftigen und teilte ihr mit, daß alle Brüder wieder zusammen wohnten. Aber auch diesmal war es so, daß sich ihr Zustand durch die freudige Nachricht erst recht verschlechterte. Drei Tage später starb sie. Man wusch sie, wie es der Brauch vorschrieb. Für die Totenklage schickte man nach den

Klageweibern, weil die jungen Frauen die hiesigen Bräuche und Klagegesänge noch nicht richtig beherrschten. Dann begrub man sie neben den Ruhestätten ihrer Schwiegermutter, ihres Gatten und eines kleinen Hankoni, eines Kindes ihres Zweitältesten, das im Vorjahr gestorben war, ohne das erste Lebensjahr vollendet zu haben. Der Schnee fiel so dicht, daß sie kaum die Gräber finden konnten.

Nun ruhten immerhin schon vier Angehörige der Hankonis auf dem Stadtfriedhof Vasilikua, der seinen Namen dem Basilikum verdankte, das überall an den Gitterumrandungen wucherte. Die Anzahl von vier Gräbern war aber noch viel zu gering, als daß sie sich zu den Einheimischen hätten rechnen dürfen.

XII

Nach dem Tod der alten Sabeko wohnten nunmehr alle Brüder voneinander getrennt. Doch gemeinschaftlich bewirtschafteten sie den Amselacker, und das Salzgeschäft betrieben sie als Kompagnons. Daher führte die seit langem aufgestaute Mißstimmung nicht zum Zerwürfnis. Ihr betagter Schwager, der Kadi Abdulkadir, sorgte dafür, daß man sich in allem sachlich und gütlich einigte, ohne Zank und Streit.

Das Haus wurde noch mehr vergrößert. Im Nordflügel bauten sich die beiden jüngsten Brüder je zwei Zimmer an, und nun kam es des öfteren vor, daß sich eines der etwa zwanzig kleineren Kinder in den schummrigen Vorräumen verirrte.

Abdulkadir starb, nachdem er die Angelegenheiten seiner Schwäger geregelt hatte. Deren Schwester Shano war nun Witwe. Bald warb ein Militär um sie. Die Brüder setzten sich zusammen, um die Sache zu beratschlagen, und gaben sie ihm zur Frau. Kurze Zeit darauf mußte er in den Krieg ziehen mit dem Heer, das zur Niederschlagung eines Aufstandes nach Nordalbanien geschickt wurde. Es hieß, in jenen Gegenden gebe es nicht einmal postalische Verbindungen.

XIII

Aus der Sandschakhauptstadt war ein weiterer Erlaß eingetroffen, der Neuregelungen für Teer, Petroleum und Salz, für die Ausmessung von Seide sowie für Waagen und Gewichte brachte. Neue Steuerfestlegungen für den Handel waren ebenfalls verkündet worden. Für jede Last Ware (Obst, Reis, Honig, Butter, Käse) waren zwei Kreuzer zu entrichten. Pro Fuder Holz zwei Klafter. Dasselbe bei Bauholz. Für vier geschlachtete Schafe oder Ziegen einen Kreuzer. Für den Verkauf eines Pferdes je zwei Kreuzer vom Käufer und vom Verkäufer. Platzgebühr für den Verkauf auf Märkten ein Kreuzer für Frauen, für die Männer zwei.

XIV

Zusammen mit den Orden und Auszeichnungen traf die Nachricht ein, daß Schwester Shanos dritter Mann im Kampf gefallen war. Es fand ein großer Leichenschmaus statt. Shano ging ein Jahr in Schwarz. Im März heiratete sie erneut. Diesmal einen Zollbeamten. Zwei ihrer Brüder, der zweitälteste und der jüngste, waren dagegen. Keiner weiß, warum. Sie hatte sich in Sehnsucht nach einem Kind fast verzehrt, und nun wurde sie von ihrem vierten Mann endlich schwanger. Sie brachte ein Mädchen zur Welt.

In der Hankonifamilie war unterdessen ein weiteres Dutzend Kinder geboren worden. Das Salzgeschäft hingegen war unverändert. Sie hatten lediglich an der Rückseite ein Vordach angebracht, um dort die Maultiere beladen zu können.

XV

Im Jahre 1729 ließ das kaiserliche Dekret zur Inbetriebnahme der Salinen lange auf sich warten. Die Gründe wurden nicht bekannt. Gegen Ende April traf es endlich ein. Die Arbeit in den Salinen begann zwar wie üblich am 8. Mai, doch durch die Verspätung des Dekrets kamen die Salzkarawanen nur schleppend vorwärts. Die Gewinne sanken um die Hälfte. Die Hankonis konnten nicht einmal halb soviel Wintervorrat wie im Vorjahr einlagern. Als hätte das nicht genügt, starb auch noch die Frau des jüngsten Bruders an einem

Melano, das *schwarzer Igel* genannt wurde. Sie war die hübscheste der fünf jungen Hankonifrauen. Die Ärzte hatten zweimal das Messer angesetzt. Erst wurde ihr die halbe linke Brust abgenommen, dann beide Brüste, doch offensichtlich hatte sich das Krebsleiden davon nur noch verschlimmert. Die Ärmste starb Ende September. Nach unsäglichen Qualen. Man begrub sie neben ihren Schwiegereltern.

Die Trauer brachte die Brüder einander wieder näher. Sie mühten sich wie nie zuvor, um die Verluste aus dem Salzgeschäft auszugleichen. Vom Amselacker, fruchtbar wie immer, erzielten sie eine reiche Maisernte. Als sie wirtschaftlich gerade einigermaßen über den Berg waren, ereilte sie das nächste Mißgeschick: Bardhush, der drittälteste Bruder, erklärte, er werde nach Mekka pilgern. Sie versuchten alles, um ihn davon abzubringen; er ließ aber nicht mit sich reden. Die Familie geriet in Verzweiflung. Seine Frau und die Kinder weinten Tag und Nacht. Doch er ließ sich durch nichts umstimmen. Es hieß, ein Hodscha, mit dem er in der letzten Zeit oft zusammen war, habe ihn dazu überredet. Ende November, an einem stürmischen Tag, brach er mutterseelenallein auf, er nahm den Weg über Jannina.

XVI

Der Sultan war gestorben. Das ganze Reich trauerte – von den Gebieten an, in denen man zum Zeichen der Trauer weiße Gewänder trägt, bis hin zu dieser Gegend, wo die Trauerkleidung schwarz ist. Der Name des neuen Sultans wurde erst viel später bekannt. Es wurde gemunkelt, es wäre in der Reichshauptstadt beinahe zu einem Staatsstreich gekommen und der Großwesir habe die Verschwörung in letzter Minute aufgedeckt.

Von Bardhush kein Lebenszeichen. Shanos Mann kam wegen Zollschiebereien ins Gefängnis. Er wurde zu einhundertundein Jahren verurteilt. Da bestand keinerlei Hoffnung, daß er je lebend aus dem Kerker herauskommen würde. Shano zog mit der Tochter wieder zu ihren Brüdern. Dort blieb sie drei Monate. Nach fünf Monaten sollte sie zum fünften Male verheiratet werden. Diesmal war der Mann jünger als sie. Um die Sache endgültig zu besiegeln, wartete man auf die Rückkehr Kaskapans, des jüngsten Bruders, der mit der Salzkarawane nach Jannina gezogen war. In der letzten Zeit hatten sie ihn häufig auf Reisen geschickt, damit er den Kummer über den Tod seiner Frau vergesse. Bei seiner Heimkehr war er jedoch ziemlich durcheinander. Er war wohl bereit, zu allem ja und amen zu sagen, so daß man sich denken kann, was er wegen der Heirat seiner Schwester antwortete. Er selbst wollte auf gar keinen Fall wieder heiraten. Es hieß, er habe sich dort in Jannina in ein junges Mädchen verliebt. Er erzählte davon zwar kein Sterbenswörtchen, doch diejenigen, die sich in Anzeichen von Verliebtheit auszukennen glaubten, schworen Stein und Bein, daß da nur Liebe im Spiel sein könne. Bisher hatte es in unserer Stadt noch keinen Fall von Liebe gegeben. Man erinnerte sich wohl an vier Pestseuchen, sieben Choleraepedemien und fünf Erdbeben, aber von einer Liebesbeziehung wußten nicht einmal die Alten etwas, und die hatten nichts darüber von ihren Eltern gehört, die wiederum nichts von ihren Eltern und so immer fort.

XVII

Als Hatib, der älteste Bruder, in die Jahre kam, wurde er so dick wie dereinst sein Vater. Er war genauso mürrisch, und seine Brüder hielt er fest an der Kandare. In das Geschäft ging er zwar selten, aber sein Wort galt unumschränkt. Muqerrem, der zweitälteste Bruder, der ihn bei den laufenden Arbeiten vertrat, ähnelte ihm im Aussehen überhaupt nicht. Er war nämlich groß und rothaarig, doch wortkarg war er gleichermaßen. Er verbrachte den ganzen Tag im Geschäft. Um den Amselacker kümmerte sich hauptsächlich Didin, der vierte Bruder. Während der Aussaat nahmen sie, wenn sie mit dem Salz so viel zu tun hatten, daß sie Didin nicht helfen konnten, für ein, zwei Monate einen Tagelöhner.

Nach dem Trauerjahr rekonstruierten und erweiterten sie das Geschäft. Außer einem gleich daneben eingerichteten Lager kam noch ein Laden hinzu. Das Dach wurde neu gedeckt. Außerdem brachten sie über dem

Eingang ein Schild an, das die Aufschrift »Gebrüder Hankoni – Salzverkauf en gros« trug.

XVIII

Gänzlich unerwartet war Hatib tot. An einem frostkalten Morgen gellten plötzlich aus dem im Westflügel gelegenen Erker die Schreie seiner Frau durch das ganze Haus. Hatib war in der Nacht gestorben, ohne das jemand etwas gemerkt hatte. Als seine Frau ihm den Morgenkaffee bringen wollte, war sein Körper schon erkaltet.

Es wurde ein großes Leichenbegängnis. Um dem Toten die letzte Ehre zu erweisen, waren auch Leute erschienen, von denen man das gar nicht vermutet hatte. Den Hankonis erging es eben wie Zugereisten im allgemeinen, der Tod brachte sie den Alteingessenen stufenweise näher.

Nunmehr, nach Hatibs Beerdigung, hatten die Hankonis neun Gräber auf dem Stadtfriedhof (sechs große und drei Kindergräber). Das waren zwar nicht gerade wenig, doch von viel konnte noch gar nicht die Rede sein.

Zwei Wochen nach Hatibs Tod hielten die Brüder, zusammen mit Shano, Familienrat und verfügten, daß Kaskapan, der jüngste Bruder, dem Brauch gehorchend, Hatibs Witwe zur Frau nehmen müsse. Man erzählte sich, er habe um keinen Preis einwilligen wollen. Sie war ebenfalls nicht einverstanden, aber sie wurde gar nicht erst gefragt. Man raunte sich zu, er habe die ganze Nacht mit seinen Brüdern gestritten, gefleht und geweint, er habe sich sogar in der Zisterne ertränken wollen, doch die anderen ließen sich durch nichts erweichen. Die Vorgänge in jener Nacht im Hankonihaus waren in aller Munde. Die Lichter wurden mal im Westerker, mal auf den Etagen angezündet, dann wieder auf der Nordseite, wo die Zimmer der jüngsten Brüder lagen. Wie sie es schafften, seinen Widerstand zu brechen, weiß allein Allah. Zum Schluß soll er gesagt haben: Meine arme junge Frau neben Hatib im Grab und ich neben seiner Alten im Bett. Was für ein Schicksal!

Die ganze folgende Woche regnete es Tag und Nacht. Genau neun Monate später gebar die Frau, als wäre sie vom Kummer unter dem eintönigen Regen schwanger geworden, ein Mädchen. Sie gaben ihm den Namen Roksana, der seltsam und ungewöhnlich anmutete, nie zuvor hatte man ihn in dieser Gegend gehört. Es wurde getuschelt, so hieße das Mädchen dort in Jannina, das Kaskapan liebte.

XIX

Aus Istanbul kam ein allerhöchster Ferman, der die Zerstückelung der Fahnenlehen verbot. Unter anderen wurden alle Urkunden über die verkauften und verpachteten Ländereien des einstigen Timars von Sinan Beyoğlu einzeln überprüft, und auch diesmal stießen die Kadis auf schier unüberwindliche Schwierigkeiten. Sie vergruben sich in die Schriftstücke und Verordnungen, doch je tiefer sie eindrangen, um so verworrener zeigte sich die Rechtslage. Da machten sie dasselbe, was sie auch vorher getan hatten: Sie schlossen die Akten und beließen die Dinge beim alten. Indessen zogen sich fünf Prozesse schon über mehr als zwanzig Jahre hin, und noch war kein Ende abzusehen. Was nun den Amselacker anbelangte, so blieben dessen Besitzverhältnisse unangefochten.

Die Salzsteuern stiegen wieder an. Außerdem waren die Straßen, auf denen die Karawanen hin- und herzogen, unsicher geworden. Die Hankonis mußten zwei entbehrungsreiche Winter überstehen. Die Vorratskammern waren halbleer. Von Bardhush noch immer keine Nachricht.

Inzwischen waren zwei Söhne von Hatib verlobt. Der dritte Sohn, der zum Andenken an den Großvater Basri hieß, kränkelte ständig. Auch Muqerrems Älteste war bereits versprochen, an einen Mann aus dem Stadtteil Oberdunavat. Hatibs Tochter Hato war so häßlich, daß keiner sie begehrte. Die Kinder der anderen Hankonisöhne waren noch minderjährig. Shano bekam keine weiteren Kinder, auch nicht von ihrem letzten Mann. Fünf Ehemänner, und da hatte sie mit Mühe ein einziges Mädchen zur Welt gebracht! Sie war wirklich nicht gerade gebärfreudig. Nach dem Tode ihres fünften Mannes kehrte sie weder zu den Brüdern zurück, noch heiratete sie aufs neue. Ihr schien das Prozessieren Spaß zu machen. Für die anstehenden Prozesse hätten ihr wohl hundert Jahre kaum ausgereicht; da ging es vom Streit um ihren Besitzanteil am Haus Abdulkadirs, ihres zweiten Mannes, bis hin zum Testament ihres letzten Mannes, das von dessen Sippe angefochten wurde. Mal gewann sie, mal verlor sie, trotzdem war sie recht wohlhabend. Es hieß, ihr Mädchen, Selma geheißen, sei genauso häßlich wie ihre Cousine Hato, aber da sie die einzige Tochter war, fanden sich genügend, die sie zur Frau nehmen wollten. Shano überstürzte nichts.

XX

Im letzten Viertel des Jahrhunderts wurden die Hankonis von einem schlimmen Mißgeschick heimgesucht. Zwischen den Paschaliks von Shkodra und Berat war es wegen der Salinen im Norden zu offenen Streitigkeiten gekommen. Weder die Befehle des Sultans noch die Wesire, die nacheinander herbeigeeilt waren, konnten die erbittert kämpfenden Paschas beschwichtigen. Schließlich nahmen die Shkodraner Bushatllis die Salinen im Handstreich und machten sich zu deren Unternehmern. Karawanenzüge aus dem Süden wurden nicht mehr durchgelassen. Die Hankonis waren übel dran. Anfangs hieß es, die Sultaninmutter würde die Bushatllis bestrafen und die Zufahrtswege zu den Salinen wieder frei machen lassen, doch leider war es nicht an dem. Sie blieben versperrt. Das Salz kam jetzt aus den Karabogdan-Steppen. Es wurde von armenischen Karawanenführern hergebracht, die waren noch verschlagener als die Juden, und sie zeigten sich nicht im mindesten bereit, mit den Hankonis zu unterhandeln.

Die Hankonis mußten ihr Geschäft schließen. Ihr völliger Ruin konnte nur noch eine Frage von Wochen oder Monaten sein. Der Amselacker allein, auch wenn er noch so fruchtbar war, konnte sie nicht ernähren. Auch Shanos Spenden und Anleihen halfen ihnen nicht aus der Klemme. Das große Haus lag gleichsam von Trauer ergriffen. Auch das muntere Klirren der Wassereimer schien wie erstorben. Die Vorratskammern waren fast leer. Sprichwörtlich stießen sich die Mäuse darin die Köpfe.

Die Leute meinten: Die Hankonis sind pleite, um die ist es geschehen.

Doch sie fanden einen Ausweg. Etwas, worauf kein anderer gekommen war, brachte ihnen die Rettung: Petroleum. Kaskapan soll als erster den Einfall gehabt haben. Die Idee war ihm wohl schon gekommen, als er noch mit den Salzkarawanen umherzog. Eines Morgens im April ritten die drei Brüder auf ihren Maultieren von dannen, ohne jemandem ihr Reiseziel zu verraten. Mehrere Tage blieben sie fern. Bei ihrer Rückkehr waren sie guter Dinge. Aus Salzverkäufern waren Petroleumhändler geworden. In das große Haus zog wieder Leben ein.

Das Geschäft wurde eilig umgebaut und hergerichtet. Die Gestelle für die Salzsäcke wurden abgerissen, um ein paar riesigen Fässern Platz zu machen, deren eiserne Deckel beim Öffnen krachten und quietschten. Die große Waage wurde nicht mehr benötigt, so verkaufte man sie. Auf dem Boden um das Geschäft herum glitzerten nicht länger weiße Salzkörnchen, da waren jetzt dunkle Flecken und schillernde Pfützen, die bald die Farbe des blauen Flieders annahmen, bald olivgrün erschienen. Bisweilen war ihre Färbung undefinierbar, von einem beängstigenden Glanz, wie aus der anderen Welt, vor allem bei Mondschein.

Sie wechselten auch das Ladenschild aus. An die Stelle des mit der Zeit völlig verwitterten hängten sie das neue: »Gebrüder Hankoni – Petroleum, en gros und en detail.« Selbstverständlich war der Händler Caci, der, so weit man zurückdenken konnte, als einziger Petroleum verkauft hatte, sehr aufgebracht. Doch er konnte nichts dagegen unternehmen.

Die Hankonis rochen nun nach Öl. Nicht nur die Männer und die jungen Burschen, die im Geschäft arbeiteten, sondern auch ihre Wohnungen und die Kinder, sogar die Frauen, die niemals das Haus verließen.

XXI

Aus der Metropole kamen neue Steuerfestlegungen, aber die Petroleumsteuer wurde nicht erhöht. In das Haus der Hankonis war der Wohlstand eingekehrt. Innerhalb eines Jahres fanden drei Hochzeiten nacheinander statt. Muqerrems große Tochter und die beiden ältesten Söhne Hatibs heirateten. Die Hochzeiten der Söhne wurden mit großem Pomp gefeiert, und als hätten die Hankonis beweisen wollen, daß sie jetzt Ölbarone waren, zündeten sie so viele Feuer an, daß der ganze Weg vom alten Basarviertel, wo die Bräute abgeholt wurden, bis nach Hazmurat taghell erleuchtet war. Während des Gastmahls wurde Didin, der vierte Bruder, beim Freudensalut unglücklicherweise von einer Kugel verletzt.

Wie einst ihre Tante Shano, heiratete auch Muqerrems Tochter einen Militär. Gleich am Morgen nach der Hochzeit zog sie mit ihrem Mann nach Pashaliman, wo er schon seit Jahren in der Garnison des Marinestützpunktes diente.

Trotz der gewaltigen Ausgaben für die Hochzeiten stieg der Wohlstand der Hankonis immer weiter an. Im Gegensatz zum Salzverkauf, der sich pro Jahr ziemlich genau im voraus berechnen ließ, mußte man beim Petroleum immer auf Überraschungen gefaßt sein. Die Leute schafften sich neben den einfachen Öllampen immer häufiger Kronleuchter für festliche Anlässe an. Deren Petroleumverbrauch lag weit höher als der der gewöhnlichen Leuchter. Die riesigen Kandelaber in einem großen Haus verbrauchten an einem einzigen Abend so viel Petroleum wie die kleinen Öllämpchen – die man als Sparfunzeln bezeichnete –, mit denen die ärmeren Familien vorlieb nehmen mußten, in einem halben Jahr. Hinzu kam, daß die reichen Familien nach den Hochzeiten von Hatibs Söhnen offenbar miteinander darin wetteiferten, wer beim Brautzug die meisten Freudenfeuer anzündete. So erstrahlte die Stadt in so mancher Nacht taghell von den Dauerflammen, wie die Feuer in den mit Asche und Petroleum gefüllten Blechbüchsen genannt wurden.

»Wahrlich, die Hankonis sind nicht auf den Kopf gefallen«, pflegte der Imam Ali zu sagen. »Sie haben die Hochzeiten ihrer Söhne zur Werbung für ihre Ware genutzt.«

XXII

Auch Schwester Shanos Angelegenheiten entwickelten sich gedeihlich. Bei all dem Wust von Prozessen wurde ihr bald an der einen Stelle ein halbes Haus zugesprochen, bald büßte sie anderswo ein Badehaus ein. Aber stets überwog der Gewinn gegenüber dem Verlust. Sie besaß allerdings kein eigenes Haus, sondern nur irgendwelche Gebäudeteile, die über die ganze Stadt verstreut lagen. So war sie überall und nirgends. In der letzten Zeit hatte sie damit begonnen, Zimmer zu vermieten, sogar viertel oder halbe Häuser. So war sie höchstwahrscheinlich der erste Mensch in der Stadt, der vermietete. Die Bewerber, die ihre Tochter zur Frau nehmen wollten, gaben sich die Klinke in die Hand. Shano indes zeigte keine Eile. Sie sagte: »Ich war selbst fünfmal verheiratet, ich kenne mich in diesen Dingen aus. Außerdem steht mir nur eine Hochzeit ins Haus. Je später ich sie ausrichte, desto mehr wird sie mir das Alter versüßen.«

Als wollte es den bösen Blick beschwören, endete das Jahr mit einem Unglück. Didin, der vierte Bruder, starb. Es schien seltsam, daß ausgerechnet er, der ruhigste von allen Hankonis, bei den Hochzeitsfeierlichkeiten verwundet worden war. Ohne die Schußverletzung wäre ihm gewiß ein langes Leben beschieden gewesen. Denn er war wirklich ein äußerst ruhiger Mensch, nicht nur im Kreise der Hankonis, sondern im Vergleich zu allen. Von dem Salz- und Petroleumfieber hatte er sich nicht anstecken lassen. Man hatte es ihm überlassen, sich um den Amselacker zu kümmern, auf dem er sich

Tag und Nacht plagte, bis er sein Leben ausgehaucht hatte.

XXIII

Nach Didins Tod wurden innerhalb des Hauses einige Veränderungen vorgenommen. Seine Witwe und die Frau von Bardhush, der noch immer wallfahrte, wurden mitsamt ihren Kindern im Westflügel untergebracht, in den Zimmern, in denen vorher Hatib mit den Seinen gewohnt hatte, während Kaskapan fast den ganzen Norderker bezog. Muqerrem, der zweitälteste Bruder, behielt seine Räumlichkeiten, während die beiden frischverheirateten Söhne Hatibs je eine der durch den Umzug frei gewordenen Kemenaten bekamen. Da nun im Westflügel Didins Witwe und deren Kinder wohnten, desgleichen die Kinder und die Frau von Bardhush, die ebenso ohne Mann war wie ihre Schwägerin, der es aber wohl noch schlimmer erging, weil sie sich wartend fast verzehrte, wurde dieser Teil des Hauses von den Leuten »Waisenerker« genannt, und die Hausherren bemühten sich vergeblich, diese Bezeichnung auszumerzen.

XXIV

Die Einkäufe der Hankonis steigerten sich mit jeder Jahreszeit. Das Petroleum war nicht mit Weizen oder Baumwolle zu vergleichen: ob bei Regen oder Sonnenschein, ob bei Hitze oder Frostklirren, es quoll gleichmäßig aus der Erde. Und Nacht und Dunkelheit stellten sich mit steter Regelmäßigkeit ein, immerwährend, und es war auch nicht zu befürchten, daß sich das je ändern könnte. Die Menschen würden also stets Petroleum benötigen, um Licht zu haben.

Der Wohlstand der Hankonis hatte seinen bisherigen Höhepunkt erreicht. Am deutlichsten bezeugen das die Wintervorräte für das Jahr 1789. Käse 6 große Fässer. Butter 40 Oka. Weizen 12 dz. Olivenöl 12 Kannen. Oliven 4 Fässer. Zucker 5 dz. Trahana 60 Oka. Gesalzenes Rauchfleisch 500 Oka. Walnüsse, Mandeln, Haselnüsse 4 dz. Honig 2 Kannen. Indische Datteln, Sultaninen aus Griechenland, Pistazien 3 dz. Getrockneter Blätterteig, Dörrobst, weiße Bohnen, Graupen 130 Oka.

XXV

Am Ende des Jahres berief man den Wali ab. Er wurde in die Hauptstadt beordert, und keiner erfuhr, was danach aus ihm wurde. Einige meinten, er sei in die Verbannung geschickt worden, andere äußerten das Gegenteil: Er habe einen höheren Posten bekommen.

Der neue Wali kam Anfang März. Offenbar hatte

einer seiner Leibwächter die Kunde mitgebracht, daß man in eben diesem Jahr den Sultan der Deutschen geköpft habe, aus nicht näher bekannten Gründen. Im Frühjahr herrschte Eiseskälte. Von einigen Händlern, die bis nach Zypern gereist waren, erfuhr man, daß es nicht der Sultan der Deutschen war, dem man den Kopf abgeschlagen hatte, sondern der französische Sultan. Doch auch deren Auskünfte waren mit Vorsicht zu genießen. Es stand zu erwarten, daß der nächste kommen und erzählen würde, daß nicht der Sultan von Frankreich, sondern der von Spanien um einen Kopf kürzer gemacht worden sei. Doch eines stimmte wohl: Irgendwo in dem großen Land namens Europa hatte man einen König enthauptet.

XXVI

Die Hankonis waren emsig mit der Planung für den Ausbau des Geschäftes befaßt – es hieß sogar, sie warteten lediglich für den eigens dafür engagierten Architekten –, als das Unheil über sie hereinbrach. Eines Nachts, der Morgen des 30. April graute soeben, ging ihr Geschäft in Flammen auf.

Eine so gewaltige Feuersbrunst hatte die Stadt noch nicht erlebt, ein wütend loderndes Feuer, das heulte und brüllte, als sei es ein wildes Tier. Ein fremdartiges Brennen war dieser Ölbrand. Diejenigen, die versucht hatten, das Feuer zu löschen, waren entsetzt zurückgewichen. Binnen kurzem war das große Geschäft in eine Ruine verwandelt. Die Erde im ganzen Umkreis war schwarz. Noch die Spuren der Flammen wirkten unheimlich.

»Unrecht gedeihet nicht«, sagten die Leute. Dabei spielten sie offenbar auf gewisse Einzelheiten des zurückliegenden Prozesses um den Amselacker – auf Basri Hankonis Meineid – und auf einige andere Dinge an. Die meisten vertraten die Meinung, das Feuer sei durch einen dummen Zufall ausgebrochen, doch es gab auch welche, die den alten Petroleumhändler Caci, der durch die Hankonis fast bankrott war, verdächtigten.

Ebenso schnell wie die Ruinen abkühlten, verebbten die Gespräche über den Brand. Nach einem heftigen Regen sah das Gemäuer noch abscheulicher aus. Es war im wahrsten Sinne des Wortes ein schwarzer Schicksalsschlag.

»Mit dem Salz ging es langsamer voran, aber dafür war es sicherer«, sagten die Alten. »Mit Petroleum hingegen kommt man zwar sehr schnell auf einen grünen Zweig, doch um so rascher zu Fall.«

Nicht umsonst hatte der alte Basri Hankoni seinen Söhnen ans Herz gelegt, den Salzhandel niemals aufzugeben. Doch sie hatten seine Mahnungen in den Wind geschlagen.

XXVII

Hätte Shano sie nicht unterstützt, wären die Hankonis gezwungen gewesen, den Bettelstab zu nehmen. Außer Shanos Hilfe war in jenen schweren Tagen auch der

Amselacker ein Trost. Jahrelang hatten sie ihn ziemlich vernachlässigt, vor allem nach Didins Tod.

Von den sieben Gerichtsverfahren, die Shano in dem Jahr angestrengt hatte – es ging dabei immer um Häuser –, hatte sie vier gewonnen, eines verloren, und zwei waren aufgeschoben. Der Amselacker brachte, wie immer, reiche Erträge. Zumindest konnten sie die Kindermäuler stopfen. Die verheirateten Söhne von Hatib verbrachten jetzt, zusammen mit Basri Hankoni junior, ihrem jüngsten Bruder, den ganzen Tag auf dem Feld.

Muqerrem, der nun das Familienoberhaupt war, ließ die Zügel völlig schleifen. Sicherlich hätten alle auf ihn, den Ältesten, gehört, aber er sah wohl keinen Grund, noch irgend etwas zu sagen. Er hielt den Mund so fest verschlossen, als wolle er ihn überhaupt nicht mehr auftun. »Sag etwas«, redete ihm Shano so manches Mal gut zu, »bitte, sprich doch, ich, deine Schwester, will alles Böse auf mich nehmen! Es ist nicht gut, wenn ein Lebender schweigt wie ein Grab.«

Aber er sprach kein Sterbenswörtchen. Vielleicht entströmte seinem Mund deshalb, wenn er ihn überhaupt je auftat, ein unangenehmer Geruch, er roch nach modriger Erde. Bis er starb, mag er höchstens noch zwanzig Wörter über die Lippen gebracht haben.

»Du hast deine Zunge ins Totenreich geschickt, bevor du selbst dorthin gingst.« So beweinte ihn seine Schwester Shano.

Nun war Kaskapan der Älteste in der Familie. Doch er hatte sich sehr verändert. Jedesmal, wenn er zu irgendeiner Festlichkeit eingeladen war, betrank er sich, und in seinem Rausch redete er unablässig von der fremden Giaurin, in die er sich damals verliebt hatte. Dann fing er an, die verschiedensten Stellen aufzuzählen, den Brunnen der Malilas, den Ostturm der Festung, den steilen Abgrund hinterm alten Basar, den schwarzen Felsen, den Fluß, den Çullobach und was der Orte mehr waren, wo er sich schon längst umgebracht hätte, wäre da nicht die kleine Roksana gewesen, das Mädchen, das ihm Hatibs Witwe geboren hatte. Man sagte, sie werde immer hübscher, wie ein Stern.

XXVIII

Unterdessen war, als schon niemand mehr damit gerechnet hatte, Bardhush von der Pilgerfahrt zurückgekehrt. Sein Erscheinen rief eher Bestürzung als Jubel hervor. Er war völlig verändert, kaum wiederzuerkennen. Einige Leute tuschelten sogar, es sei gar nicht Bardhush. Sie wußten zu erzählen, daß derlei in den arabischen Wüsten vorkomme: der Sand forme – als werde er vom Anblick eines Menschen schwanger – dessen Ebenbild. Und dann könne es geschehen, daß einer dort in der Abgeschiedenheit schon längst den Tod gefunden hatte, während sein Doppelgänger noch für geraume Zeit auf Erden wandelte.

So schwätzten die Leute daher, doch hätte man Bardhush gefragt, so hätte der vielleicht mehr recht gehabt zu sagen, daß er sie, nämlich die Hankonis, nicht wiedererkenne. Er hatte sie in den besten Verhältnissen zurückgelassen und bei seiner Heimkehr in Not und Armut vorgefunden. Die Essen des großen Hauses waren kalt. Am Abend seiner Ankunft klaubten sie mit Mühe ein paar Holzscheite zusammen, um den Kamin im großen Zimmer zu heizen. Dort hatten sich alle versammelt, Männer, Frauen und Kinder, aber es entspann sich weder ein Gespräch, noch wollte die rechte Freude aufkommen. Sie starrten immer wieder auf den Rückkehrer, um dann betreten einander anzusehen. Seine Frau kämpfte mit den Tränen.

»Warum fragst du nicht nach Didin, nicht, wo Muqerrem ist, wo die anderen sind?« brach schließlich Shano das Schweigen.

Er hob seinen erloschenen Blick und sagte: »Da sie nicht hier sind, sind sie *dort.*«

Dann verharrte er lange vornübergebeugt im Gebet, murmelte und murmelte, bis er bat, sich hinlegen zu dürfen.

Am nächsten Tag begab er sich zum Friedhof. Die Hankonis hatten dort mittlerweile vierzehn Gräber, und vor jedem blieb er stehen. Flüsternd hielt er Zwiesprache mit den Verstorbenen und betete für jeden einzelnen. Den Toten widmete er mehr Worte als den Lebenden.

Ein paar Tage später kam das Gerücht auf, er habe eine unheilbare Hautkrankheit mitgebracht. Seine Frau sagte: »Er wäre besser nicht zurückgekehrt, dann wäre ich wenigstens Witwe. Jetzt weiß ich nicht einmal, was ich bin.«

In der Stadt redete man ihn nun mit Hadschi an, denn alle Mekkapilger erhielten den Beinamen Hadschi.

XXIX

Aus der Hauptstadt waren neue Steuerfestlegungen eingetroffen, doch zum ersten Mal interessierte das die Hankonis nicht. Sie hatten nichts zu verkaufen, noch konnten sie sich etwas kaufen. Die Maultiere, die einst das Salz transportierten, waren längst abgeschafft.

XXX

Der kränkelnde Basri Hankoni, den sie nach seinem Großvater benannt hatten, war von Hatibs Söhnen der schmächtigste. Doch gab vielleicht gerade seine Anfälligkeit den Ausschlag dafür, daß sich für die Hankonis ein Lichtblick zeigte.

Und das kam folgendermaßen: Weil er sich schlecht fühlte, schlief er meistens unruhig, träumte viel und wurde oft von Alpträumen gequält. Im Monat Dezember war er plötzlich auf die Idee verfallen, einen seiner Träume aufzuschreiben und in die Reichshauptstadt an den Tabir Sarayı, den Traumdeuterpalast, zu schicken, wohin die Träume der Untertanen aus allen Gegenden des Kaiserreichs übersandt wurden. Nach vier Monaten erhielt er zu seiner eigenen und zu seiner Familie Verwunderung von den Ämtern des Tabir Sarayı die freudige Nachricht, daß sein Traum, nach eingehender Erörterung durch die zuständige Kommission, für sehr wertvoll befunden worden war, weil durch dessen Auslegung ein Komplott in der Stadt Karagümrük aufgedeckt und vereitelt werden konnte.

Basri Hankoni hatte von der Existenz dieser Stadt keinen blassen Schimmer, geschweige denn von einer dort angezettelten Verschwörung. Nichtsdestotrotz schickte ihm der mächtige Tabir Sarayı wegen seines Traumes, der eine Übeltat gegen die Regierung vorausgesehen hatte, ein Empfehlungsschreiben, damit man ihn in den Staatsdienst aufnehme. Mit diesem ausgestattet, sprach Basri Hankoni bei der Regierungsbehörde vor, und eine Weile danach wurde er, zur Freude der ganzen Familie, als Gerichtsbeamter eingesetzt. Er war der erste Hankoniabkömmling, der als Soldempfänger in staatliche Dienste trat.

XXXI

Die Hankonis kamen wirtschaftlich allmählich wieder voran. Obwohl Hadschi Bardhush und Kaskapan noch lebten, nahm Basri Hankoni, deren junger, kränklicher Neffe in den Familienangelegenheiten immer mehr die Zügel in die Hand. Der Grund dafür war sicher sein Beamtenposten.

Hadschi Bardhush und Kaskapan hatten sich von der Lenkung der Familiengeschicke fast gänzlich zurückgezogen. Ersterer betete den lieben langen Tag, und die wenige Zeit, die ihm zwischen den Gebeten blieb, verwandte er darauf, seine Haut mit allerlei Salben einzuschmieren. Kaskapan dagegen trank ständig, und sobald er das dritte Glas geleert hatte, fing er an, von seiner einstigen Liebe zu der Giaurin zu reden.

Teils von Basri Hankonis Löhnung, teils vom Amselacker, auf dem sich Basris Brüder und die Neffen den ganzen Tag tummelten, schafften es die Hankonis, die Hälfte des Wintervorrates anzulegen. Aber der Sold war am wichtigsten.

»Ein einziger Traum hat die Hankonis gerettet«, sagten die Leute.

Nun schickten viele Menschen Schilderungen ihrer Träume, tatsächlich Geträumtes ebenso wie nur Erfundenes, in die Reichshauptstadt. Doch vom Tabir Sarayı kam nicht eine einzige Antwort. Die Schreiber, die die Traumschilderungen zu Papier brachten, verdienten sich zu jener Zeit eine goldene Nase, bis die Leute des Träumeschickens überdrüssig wurden und die Finger davon ließen.

Basri Hankoni sagte, von dem bewußten segensreichen Traum sei ihm kaum etwas im Gedächtnis haftengeblieben. Da sei ein staubiger Platz gewesen, mit Papierfetzen übersät und von leeren Baracken umgeben. Das sei alles, woran er sich erinnere.

Wie um den bescheidenen Aufschwung zu nutzen, heirateten zu jener Zeit Didins beide Töchter und einer von Muqerrems Söhnen. Es waren karge Feste, nicht einmal ein schwacher Abglanz der aufsehenerregenden Hochzeitsfeiern von Hatibs Söhnen, trotzdem waren sie Anlaß zur Freude, derer die Hankonisippe in diesen Zeiten besonders dringend bedurfte.

XXXII

Am ersten Frühlingstag erschienen plötzlich Kuriere aus Istanbul in Begleitung eines Sonderbeauftragten des Sultans. Sie waren in der Abenddämmerung in der Stadt Gjirokastra aufgetaucht, und am nächsten Morgen in der Frühe verbreitete sich wie ein Lauffeuer die Nachricht, sie hätten den Wali enthauptet und dessen Kopf in die Hauptstadt mitgenommen. Einige Zeit blieb die Stadt ohne Wali.

Die Hankonis waren über die gewaltsame Ablösung des Provinzoberhauptes sehr erschrocken. Sie befürchteten, der neue Wali könne die Beamten absetzten. Allerdings ließ der lange auf sich warten. Je später ein Wali eintraf, desto mehr steigerten sich die schlimmen Vorahnungen – wie bei einem Urteilsspruch, der immer wieder aufgeschoben wird. Obgleich der neue Wali also reichlich spät, erst zu Anfang des Sommers ankam, wechselte er keine Beamten aus, weder niedere noch höhere, eine Ausnahme bildete lediglich Sheme Turtulli, der Marktaufseher, dessen Posten für einige Zeit frei blieb, bis er wieder vergeben wurde – an Sheme Turtulli.

XXXIII

Im Oktober brach der Aufstand in den Bergen des benachbarten Paschaliks Vlora aus. Eine Woche wirkte die große Straße am Fuße der Stadt von den vorüberziehenden Heeresabteilungen, die zur Niederschlagung des Aufstandes in Marsch gesetzt waren, wie ein schwarzes Band. Fast alle Lehnsmänner aus der Umgebung mußten, mit dem Wali an der Spitze, in den Kampf ziehen; die meisten kehrten nicht zurück.

Als die Kämpfe endeten, brach, wie um die Freude am Sieg der kaiserlichen Truppen zu vergällen, eine unbekannte Seuche aus, die noch verheerender als der Krieg wütete. Zum Tor der Hankonis wurden vier Särge hinausgetragen.

Im Winter desselben Jahres heiratete Basri Hankoni. Es war eine recht ungewöhnliche Heirat, und zwar deshalb: Seit Basri Hankoni Beamter, die Regierung also sein Brotherr war, hätten ihn eine ganze Reihe von Familien gern zum Schwiegersohn erkoren, doch seine Onkel und vor allem seine Tante Shano, deren Wort mehr galt als das ihrer vertrottelten Brüder, wollten nichts überstürzen. Auch Basri selbst schien nicht aufs Heiraten erpicht zu sein. Er war von der vielen Arbeit niedergedrückt, überdies schien eine Beförderung in Sicht.

Dennoch war der Zeitpunkt für die Eheschließung herangenaht. Eines Tages tauchte Tante Shano noch vorm Morgengrauen in ihrem großen Vaterhaus auf (so früh stellten sich gewöhnlich die ein, die geträumt hatten, etwas Gutes, meist aber etwas Schlechtes) und verließ es erst im Abenddunkel. Sie hatte sich den ganzen Tag mit ihren beiden Brüdern, Hadschi Bardhush und Kaskapan, im großen Zimmer eingeschlossen, da sie etwas Wichtiges mit ihnen beratschlagen wollte. Allen war klar, daß es dabei um Basris Vermählung ging. An jenem Tag war es recht stürmisch, und der

Wind drückte den Rauch in die Kamine zurück. Als der Tag sich neigte, wurde auch Basri in die große Stube gerufen, offenbar sollte er ihre Entscheidung entgegennehmen. Der Beschluß war zwar ein wenig überraschend, doch auch nicht gerade ungewöhnlich. Heiraten zwischen Cousin und Cousine, durch die das Vermögen zusammengehalten werden sollte, waren in Gjirokastra keine Seltenheit. Vielleicht wunderte man sich in diesem Falle weniger ob der Blutsverwandtschaft der Verlobten als wegen der Häßlichkeit der Braut – Shanos Tochter. Dennoch hatten die Hankonis mehr Grund als Shano selbst, sich über diese Verschwägerung mit der Großtante zu freuen. Ungeachtet ihres allmählichen wirtschaftlichen Aufstiegs und Basris Beamtenposten war zu bedenken, daß Shano schließlich einen so großen Reichtum besaß, daß er den gemeinschaftlichen Besitz aller anderen Hankoni um das Vier- bis Fünffache überstieg.

XXXIV

Basri Hankonis Hochzeit fand im Oktober statt. Es war schon lange her, daß das Haus der Hankonis einen solchen Jubel und Trubel erlebt hatte. Alle wurden dabei an die Heirat von Basris beiden älteren Brüdern erinnert. An Fleischgerichten und Baklava herrschte der gleiche Überfluß. Lediglich die Freudenfeuer fehlten. Nicht, daß die Hankonis die Ausgaben gescheut hätten, aber sie verspürten wohl, seit ihr Geschäft niedergebrannt war, nicht nur gegen das Petroleum selbst, sondern gegen alles, was damit zusammenhing, eine tiefe Abneigung. Es kam nicht von ungefähr, daß ihr großes Haus seit jenem Brand spärlicher beleuchtet war als die umliegenden Gebäude, von den Hütten der Armen natürlich abgesehen.

Zu der Hochzeit kamen außer den Familienangehörigen und der zahlreichen angeheirateten Verwandtschaft auch einige Vertreter der Behörden, darunter sogar der Berater des Wali für das Gerichtswesen, Mafuz Efendi, höchstpersönlich. Selma war mit großer Sorgfalt gekleidet, geschmückt und geschminkt worden, doch von all den Pudern und der Henna sowie dem Flittergold, das man ihr auf Stirn und Wangen geklebt hatte, sah sie, statt schöner, nur noch häßlicher aus.

XXXV

Erwartungsgemäß ging nach Basris Vermählung das wirtschaftliche Erstarken der Hankonis noch rascher voran. Basri verließ sein Junggesellenzimmer, und gemeinsam mit seiner Frau bezog er die dritte Etage im Norderker, die Kaskapan freimachte, weil ihm das Treppensteigen schwerfiel. Es waren geräumige, mit großen hölzernen Wandschränken versehene Zimmer, die im Winter überhaupt nicht warm wurden, mochte man noch soviel heizen.

Das große Haus stand nun fast hundert Jahre, und es bedurfte längst dringlich der Überholung. Die Hankonis hatten wegen der vielen Schicksalsschläge, die sie überstehen mußten, die Instandsetzungsarbeiten von

Jahr zu Jahr hinausgezögert. Nach Basris Vermählung duldeten diese aber keinen Aufschub mehr. Von Wind und Regen brüchig geworden, bröckelte die Fassade am »Waisenerker« stellenweise ab, die Dachvorsprünge auf der Südseite waren stark beschädigt, die Balken waren hier und da so morsch, daß sie herabzufallen und Straßenpassanten zu erschlagen drohten. Im Norderker hingegen, ausgerechnet da, wo Basri wohnte und eine Etage tiefer Kaskapan mit seiner Tochter Roksana, wurde die Einsturzgefahr zuerst deutlich. Die Dachverkleidung und die Mauer darunter mitsamt den beiden Fenstern, die sich längst nicht mehr öffnen ließen, sahen aus wie von der Lepra zerfressen, wie Hadschi Bardhushs Haut, für die es keine Heilung gab.

In eben diesem Gebäudeflügel begannen nun die Handwerker mit den Instandsetzungsarbeiten.

XXXVI

Im März war reichlich Schnee gefallen. Er lag noch auf den Dächern, da brachten sie Roksana um. So sehr sich die Hankonis auch bemühten, das Geheimnis zu hüten, es war doch nach außen gedrungen. Die siebzehnjährige Roksana war nicht, wie sie verlauten ließen, von der Treppe gestürzt, sondern sie selbst hatten sie eigenhändig erstickt, mit Kissen und Decken. Auf diese Weise wurden in Gjirokastra seit Menschengedenken entehrte Mädchen getötet. Offenbar war Roksanas Ehre befleckt worden. Es wurde gemunkelt, einer der jungen Maurer, die den Norderker instand setzten, habe sie ins

Verderben gestürzt. Die Hankonis selbst sprachen darüber mit keiner Silbe. Sie unterbrachen aber die Rekonstruktion des Hauses, der Grund blieb unklar. Taten sie es aus Kummer über das traurige Vorkommnis, oder aber, um die Handwerker loszuwerden?

Als der Schnee taute und das Schmelzwasser von den Dächern tropfte, lag die schöne Roksana schon im Grabe. Die wenigen, die sie zu Gesicht bekommen hatten, meinten, kein Mutterleib könne je ein schöneres Mädchen hervorbringen. Sie war gleichsam entrückt und unwirklich, wie von einem zarten Nebelhauch umflort, ebenso rätselhaft wie ihr Name, den ihr Vater von weither mitgebracht hatte. Wer sie gesehen hatte, sagte, es sei ihr gleich anzumerken gewesen, daß sie auf Erden nur eine Gastrolle geben würde. Sowie man sie erblickte, habe man bei sich gesagt: Schön ist sie, wunderschön, doch was nützt das alles, anscheinend wird sie schon anderswo erwartet.

XXXVII

Nach Roksanas Tod ging es mit Kaskapan unaufhaltsam bergab. Er trank und trank und war kaum bei Besinnung. Man erzählte, er habe seine Tochter nicht umgebracht, aber volltrunken zugesehen, wie die anderen sie erstickten. Später wurde noch viel darüber geredet, aber es war unmöglich herauszubekommen, welche Familienmitglieder an Roksanas Tötung teilgenommen hatten. Von der Unglücklichen aber sagte man, sie habe sich nicht gewehrt, nur ein einziges Mal geschrien: »Vater!« Nach der Mutter habe sie nicht gerufen.

Dieser Schrei »Vater!«, den er nachahmte, sooft er sich betrank, krümmte Kaskapans Rücken immer mehr und verfolgte ihn, bis auch er dahinging. Sie begruben ihn neben ihr. Wenn die Leute später von Kaskapan sprachen, vermengten sie im Laufe der Zeit zunehmend die Ereignisse um seine Liebe zu der fremden Giaurin mit dem Schicksal seiner Tochter. Vielleicht lag das daran, daß beide Roksana hießen und die Erzählenden für die erste wie für die zweite Geschichte den gleichen Namen verwendeten, so wie man einen alten Stein in ein neues Gemäuer einbaut.

XXXVIII

Am Ende des für die Hankonis recht düsteren Jahres wurde Basri Hankoni ein Sohn geboren. Der sollte zum Andenken an den Vater von Basri Hankoni junior und den ältesten Sohn von Basri Hankoni senior Hatib heißen, doch Shano beharrte auf dem Namen Fatri, weil er *neues Glück* bedeute. Sie war vor Freude ganz aus dem Häuschen. Die Hankonis erst recht. Und die hatten allen Grund dazu. Durch dieses freudige Ereignis war die Erbfolge gesichert, der Besitz unteilbar geworden.

Shanos Vermögen war inzwischen weiter angewachsen, um Viertelhäuser, halbe Geschäfte oder Drittel von Badehäusern. Bei irgendwelchen Berufungsverfahren hatte sie auch gelegentlich eingebüßt, doch insgesamt war der Nutzen größer.

Alle waren sich darin einig, daß die Angelegenheiten der Hankonis im Lot waren. Ab und an gab es mal eine gewisse Beunruhigung, so zum Beispiel, als ein Lied aufkam, das in den Kneipen gesungen wurde:

Roksana, Roksana, konnt' dich nicht retten,
sie erstickten dich heimlich mit Kissen und Betten …

Es hieß, das Lied stamme von dem jungen Maurer.

Die Hankonis ließen sich allerdings durch nichts in ihrem gewohnten Leben stören.

XXXIX

Zwei Winter hintereinander waren kalt und hart sondergleichen. Selbst die Dachgesimse klirrten vom Frost, und Eiszapfen hingen daran wie Kriegerlanzen. Die Alten meinten, das sei so, weil das Jahrhundert nun zu Ende gehe.

Im Zentrum des Reiches hatte es wieder Unruhen gegeben, doch um das Was und Wie wußte keiner.

Basri Hankonis Kind war mittlerweile in dem Alter, da es hätte anfangen müssen zu sprechen. Vor seinem Mund zerschnipselten sie Papier, sie löschten glühende Kohle in einem Wasserglas, brachten den Knaben in Baba Alis Derwischkloster, in die Höhle der guten Geister, zur alten Hatixhe, doch er wollte und wollte nicht sprechen. Da ließen sie ihn von berühmten Ärzten untersuchen, brachten ihn nach Jannina und machten Anstalten, ihn nach Sofia zu schicken, sie hätten ihn sogar bis nach Istanbul geschafft, doch die Ärzte teilten ihnen mit, daß alle Mühen zwecklos seien. Der Kleine habe angeborenen Schwachsinn. Die Hankonis waren todunglücklich. Besonders Shano. Die fühlte sich wegen der Eheanbahnung schuldig. Schließlich war sie es gewesen, die den Einfall gehabt hatte. Die Ärzte hatten als Hauptgrund für die Geistesschwäche des Jungen die Blutsverwandtschaft seiner Eltern angeführt.

Daraus ergab sich eine neue Sorge: Sollte Basri Hankoni weitere Kinder zeugen oder nicht?

XL

Nach Kaskapans Tod war Hadschi Bardhush der älteste der Hankonis, der einzige, der von der alten Generation übriggeblieben war, aber niemand nahm ihn ernst. Er war vollauf mit seinen Gebeten und Hautsalben beschäftigt. Auch die Gegenwart der beiden anderen Söhne Hatibs, Basri Hankonis älteren Brüdern, war im Haus kaum spürbar. Sie kümmerten sich um den Amselacker und überließen es unterwürfig Basri, ihrem jüngsten Bruder, das Kommando zu führen. Auch Hato, die unglückselige ältere Schwester, muckste sich nicht. Anfangs hatte sie Reibereien mit Selma, der jungen Braut, doch dann ließ sie sie in Frieden. Alle anderen, die Söhne wie die Schwiegertöchter, waren wie eine Schar von Stummen, sie schlichen schweigend von einem Winkel des Hauses in den anderen.

XLI

Als der Sommer zur Neige ging, bevor die neuen Steuerfestlegungen eingetroffen waren, war ganz Gjirokastra von unzähligen Skorpionen wie übersät. So etwas hatte es noch nicht gegeben. Zwar war es schon vorgekommen, daß nach dem Einsturz eines Hauses oder wenn die Dächer neu gedeckt wurden, scharenweise Skorpione hervorgekrochen waren, aber daß es in der ganzen Stadt davon wimmelte, das hatte noch keiner gehört oder gesehen.

Es hieß, auch diese Plage, ebenso wie die strengen Winterfröste, hänge mit dem Scheiden des Jahrhunderts zusammen. Es war der vorletzte Sommer des Jahrhunderts.

XLII

Auf Anraten der Ärzte zeugte Basri Hankoni keine Kinder mehr. Der Vorrangstellung seiner Gattin Selma tat das jedoch keinen Abbruch. Sie war die einzige angeheiratete Frau, deren Wort in der Familie Gewicht hatte. Die Schwägerinnen kuschten vor ihr, einschließlich Hato, der ältesten.

»Shanos Tochter hat die Hankonis an die Kandare genommen«, hieß es von Selma.

Aber das kam wohl daher, daß sie eigentlich keine Schwiegermutter hatte. Ihre Schwiegermutter, die zuerst Hatibs und Kaskapans Frau gewesen war, huschte wie ein Schatten durch das Haus, vor allem nach dem

Tode Roksanas, die die Schwester aller ihrer Söhne war, jedoch eine Schwester von anderer Art, gleichsam nicht von dieser Welt. Shano verweilte tagelang im großen Haus ihres Vaters. Sie gab der Tochter Ratschläge und teilte Spitzen aus, hielt sich selbst aber nach außen hin im Hintergrund. Sie wurde von allen nur Großtante genannt.

XL

Am Ende des Herbstes bekam Basri Hankoni einen höheren Posten. Das machte ihn noch mürrischer. Eine Woche später starb Hadschi Bardhush. In der letzten Zeit hatte er sich wie ein Irrer benommen. Er trug keine Schuhe mehr, lief manchmal barfuß, meistens mit Holzsandalen durch die Stadt. Das Kopfsteinpflaster dröhnte vom Geklapper seiner Sandalen. Johlende Kinder liefen hinter ihm her. Sein Tod bedeutete für die Hankonis fast eine Erleichterung.

Die alten Frauen, die den Leichnam wuschen, waren entsetzt. Der Körper war voll von Flecken und Malen der schrecklichen Krankheit. Nach der Beerdigung wurde das Zimmer, in dem er ganz allein gelebt hatte, ausgeschwefelt und mit Kalk bestreut, trotzdem war keiner bereit, in diesen Raum zu ziehen. So blieb er von da an verschlossen und diente nur noch zur Abschrekkung der Kinder: Sei still, sonst sperrren wir dich in das Zimmer von Hadschi Bardhush!

In den Grabstein ließen sie, seinem Letzen Willen entsprechend, die folgende Inschrift meißeln: »Hier ruht unter der Erde Hadschi Bardhush Hankoni, ein Knecht Allahs, ein winziges Körnchen vom Sand der weiten Wüste. An vielen Orten war er und nirgends, blind wie Staub im Wind. Friede seiner Seele.«

XLIV

Das scheidende Jahrhundert nahm die ganze alte Hankonigeneration mit sich fort. Lediglich Shano ließ es auf Erden zurück.

Man rechnete mit Erdbeben und dem Hervorquellen schwarzen Wassers aus der Erde, mit Sonnen- oder Mondfinsternis und anderen Erscheinungen, doch zum Jahrhundertwechsel, an den Tagen zwischen dem endenden und dem beginnenden Jahrhundert, ereignete sich nichts dergleichen. Es schneite friedlich, und der glitzernde Schnee bedeckte die Erde allenthalben. Es schien unglaublich, daß nun das neue Jahrhundert da war.

Die Hankonis hatten auf dem alten Friedhof der Stadt nunmehr zweiundvierzig Gräber. Ungefähr so groß war auch die Anzahl der lebenden Familienmitglieder. So waren die Hankonis gleichsam in zwei Hälften geteilt: eine auf der Erde, die andere unter der Erde.

XLV

Im zweiten Jahr des neuen Jahrhunderts brach die Geldkrankheit aus. Sie war schlimmer als das gelbe Fieber oder die schwarzen Blattern. Die Menschen waren gesund und munter, das Geld hingegen war krank. Es war schwach geworden, hatte keine Kaufkraft mehr. Seit undenklichen Zeiten hatte es keine derartige Krankheit gegeben. Sie war beängstigend, denn man kannte ihre Ursachen nicht. Man erzählte sich, überall im Reich verwaisten allmählich die Märkte. Woher diese Seuche kam, begriff keiner. Es hieß, es gebe da ein paar Gelehrte oder Juden, die dem Geheimnis auf die Spur gekommen seien. Doktoren von dieser Sorte gebe es sehr wenig. Über ihre Bezeichnung – *Ökonomen* – rümpften alle die Nase: So schimpften sich wohl die Kaufleute in den Ländern der Ungläubigen. In den umliegenden Paschaliks war bislang jedenfalls kein solcher Wunderdoktor aufgetaucht. Überhaupt hatte sich in diesem Teil des Reiches keiner von der Sorte blicken lassen.

Mittlerweise forderte der wirtschaftliche Notstand überall seine Opfer. In sämtlichen Gebieten des Reiches herrschte Hunger. Allerorten betete man, löschte glühende Kohle, schlachtete Opfertiere, doch das Geld wollte und wollte nicht genesen. Äußerlich waren die Münzen unverändert, von der Lira bis hin zu den Para. Aber was besagte das schon? Die Krankheit steckte im Inneren! Sie war schlimmer als die Pest!

XLVI

Die Hankonis überstanden die Krise unter Schwierigkeiten. Vom üblichen Wintervorrat konnten sie nicht einmal die Hälfte beschaffen. Sie tranken keinen Kaffee und sparten an der Butter. Der Trahanabrei für die Kinder und Frauen wurde mit Wasser gekocht und mit ein wenig Molke versetzt.

Basris Hankonis Sold wurde erhöht, doch das Geld hatte ja keinen Wert. Für ein Kilo Fleisch oder Fisch hätte man händeweise ausgeben müssen. Allenthalben seufzte man: »Der Weltuntergang ist nahe!«

XLVII

In den beiden Nachbarstädten war es zum Aufruhr gekommen. Die Lehnsmänner unter der Führung des Wali rückten auf kaiserliches Geheiß gegen die Aufständischen vor. Doch bevor sie an Ort und Stelle waren, erhielten sie den Befehl zum Rückmarsch – aus Furcht vor einer Erhebung in unserer Stadt.

Es schneite früher als in den vorangegangenen Jahren. In den verschiedensten Teilen des Reiches rumorte es. Aufs äußerste erzürnt, ließ der Sultan den Großwesir enthaupten. Der war nämlich angeblich an allem Übel schuld. »Geschieht ihm recht, dem Gottlosen«, sagte alle Welt.

Der Kutscher eines französischen Konsuls, der sich auf dem Weg nach Jannina befand und in unserer Stadt eine kurze Rast hielt, meinte, ganz Europa sei verrückt geworden. Ein Krieg liege in der Luft, ein Blutvergießen ohnegleichen.

XLVIII

Am letzten Oktobertag ereignete sich gegen Mitternacht eine totale Mondfinsternis. Der Mondgucker, der schließlich nur dafür entlohnt wurde, daß er den Mond im Auge behielt, hatte zu spät Alarm geschlagen, denn er war eingenickt. Wäre nicht die Greisin aus der Kokobasippe gewesen, die seit vierzehn Jahren nachts kein Auge zutun konnte, wäre überhaupt keine Warnung erfolgt, und es hätte wer weiß was Schreckliches passieren können. Sobald sie den Alarmruf vernahmen, sprangen alle Bewohner der Stadt aus den Betten, beteten und schlugen die Trommeln so lange, bis das böse Ungeheuer Angst bekam und den Mond wieder losließ. Dem Mondgucker wurde gekündigt.

In derselben Woche dankte der Wali ab, keiner wußte warum. Der neue Wali kam unverzüglich, er war grausam wie keiner je zuvor. Ehe er noch seinen Dienst richtig antrat, ließ er erst einmal die Hälfte der Beamten internieren, darunter auch Basri Hankoni. Man brachte sie weit weg, auf eine griechische Insel.

Die Hankonis waren übel dran, so wie damals, als ihnen das Unglück mit dem Petroleum zustieß. Hatte doch soeben die Gesundung des Geldes begonnen und da hatten sie auf einmal dieses Unheil am Hals. Das große Haus schien nach Basris Abtransport halb verwaist. Selbst wenn sie die Fensterläden öffneten, klang es, als jammerten diese um den Hausherrn. Niemand sprach laut. Nur das Lallen von Basris schwachsinnigem Sohn schallte durch das ganze Haus.

»Die Ärmsten, was die alles durchmachen müssen«, sagten die Leute.

Wie stets hielt der Amselacker die Hankonis am Leben.

XLIX

Aus der Hauptstadt kamen neue Steuervorschriften, und diesmal sperrten alle Mund und Nase auf. Lauter Änderungen und ein einziger Wirrwarr, insbesondere bei der Weizen-, Heirats-, Kohle- und Schweinesteuer. Die Angelegenheiten der Hankonis hatte jetzt vorwiegend Shano in die Hand genommen. Da sie die Gerichtsbehörden und Richter kannte, klopfte sie an alle Türen und lief sich die Fersen wund, um ihren Schwiegersohn und Neffen aus der Verbannung freizubekommen.

Und letztendlich ging es gut aus. Basri Hankoni kehrte aus Griechenland zurück. Wie sie später erfuhren, hatten das weder Shanos Bittgänge von Amt zu Amt noch die Bestechungsgelder bewirkt, sondern etwas ganz anderes: Jemand hatte wohl Shano geraten (vielleicht war sie auch selbst darauf gekommen), jedenfalls sandte sie einen Brief in die Hauptstadt – an den Tabir Sarayı. Fast unmittelbar danach wurde durch einen Ferman Basris Freilassung verfügt. Offenbar war der mächtige Tabir Sarayı sofort eingeschritten. Es hieß, man habe Basri Hankonis Traum, der dort zusammen mit Millionen anderer aufbewahrt wurde, aufgefunden und sogleich die Regierung verständigt. In dem Freilassungsbefehl soll sogar die Registriernummer des Traumes vermerkt gewesen sein.

Es mag unglaublich klingen, doch wieder war es der Traum, der den Hankonis aus der mißlichen Lage half. Basri Hankoni konnte sich nun erst recht nicht mehr an Einzelheiten seines Traumes erinnern, er zweifelte sogar, ob er ihn überhaupt geträumt hatte.

Nach seiner Rückkehr aus der Verbannung wurde er immer düsterer. Man betraute ihn mit einem noch höheren Amt und erhöhte sein Gehalt beträchtlich, doch auch das vermochte seine Miene nicht aufzuhellen. Vielleicht lag das an dem Posten, den er jetzt bekleidete.

Bald waren die schlimmen Ereignisse vergessen, und bei den Hankonis zog wieder das gewohnte Leben ein. Diejenigen, die über die Hankonis gesagt hatten: »Die Ärmsten, was die alles durchmachen müssen«, sagten nun: »Seht euch diese Glückspilze an!« Ohne das Lallen des Schwachsinnigen, das ständig durch das Haus schallte, wäre ihr Glück wahrscheinlich vollkommen gewesen. Aber Allah gewährt eben nicht alles Gute auf einmal!

L

In jenem Frühjahr wurde die Rekonstruktion des Norderkers, die seit Roksanas Tod unterbrochen war, wieder aufgenommen, außerdem ein Teil des Daches erneuert sowie der gesamte Westflügel des Hauses instand gesetzt. Beim Dachdecken wurden einige Storchennester zerstört, und bei dieser Gelegenheit gedachte man des armen Hadschi Bardhush, der den Störchen gleich bis nach Arabien gezogen und zum Sterben in sein Heim zurückgekehrt war. An die schöne Roksana erinnerte keiner.

Ein paar Jahre verliefen für die Hankonis ziemlich ruhig. Es fanden vier Hochzeiten statt, ebensoviel Särge wurden aus dem Haus getragen. Seit Basri Hankoni den Posten im Staatsdienst innehatte, wünschte er, daß man den Amselacker von nun an verpachtete. Das taten sie dann auch. »Es geziemt sich nicht, daß unser Haus nach Stroh und Mist riecht«, hatte er als Begründung gegeben. Zwei seiner Neffen brachte er bei den Behörden unter, ein dritter wurde zum Studium geschickt. Basri wollte, daß sich die Hankonis allmählich von ihrer Vergangenheit lösten, um eine echte Beamtenfamilie zu werden. Sie sollten ausschließlich vom großen Brot, wie man den Sold von der Regierung nannte, leben. Shano stimmte dem nicht zu. »Gib niemals deinen Besitz aus den Händen«, sagte sie. »Die Regierungen wechseln wie die Bewölkung am Himmel, doch der Besitz ist beständig.«

Sie selbst lief weiter unermüdlich von Prozeß zu Prozeß. Sie gewann und verlor, doch stets überwog der

Nutzen. Und wie zuvor hatte sie, wie ein Kuckucksweibchen, kein eigenes Nest. Nur in dem alten Haus ihres Vaters konnte sie sich richtig wohlfühlen.

LI

Das große Land Europa war tatsächlich verrückt geworden, wie es jener Kutscher des französischen Konsuls gesagt hatte. Es hieß, da führten an die zwanzig Königreiche Krieg gegeneinander, blindwütig, ohne selbst so recht zu wissen, warum. Es herrsche ein heilloser Wirrwarr, das reinste Tohuwabohu, alles gehe drunter und drüber. Und weiter hieß es, ein zu kurz geratener Mann stifte dieses Durcheinander. Ein französischer Pascha, ein Dreikäsehoch bloß, mit Namen Napoleon. Und auch dem hätten sie Rache geschworen. Es hieß, unser großer Sultan halte sich aus allem heraus. Er lege die Hände in den Schoß und schaue zu, wie sich diese Zwerge dahinten in Europa gegenseitig an die Gurgel gehen. Dabei brauchte er nur die Hand auszustrecken, ein Dutzend von Wichten in der Faust zu quetschen und zu verwarnen: Lange genug habe ich mir eurer Treiben gefallen lassen, ihr Gottlosen, ihr stört meinen Schlaf! Dann sähe wohl einiges anders aus! Aber auch der mächtige Sultan hatte in der letzten Zeit so seine Sorgen. Es hieß, daß ihm, dem doch die ganze Welt und das Himmelreich zu gehorchen hatten, der Wesir des benachbarten Paschaliks, Ali Pascha Tepelena, den Gehorsam verweigerte.

LII

Selma, die Hausherrin, und ihre Schwägerin Hato, die allmählich in die Jahre kamen, wurden zusehends hübscher. Beide waren in ihrer Jugend grundhäßlich gewesen, doch später nahm ihnen das Alter die Häßlichkeit, während es sonst den meisten Menschen die Schönheit raubt. Der weise Spruch der Alten trifft schon zu, daß jedem Menschen auf dieser Welt Schönheit zuteil wird, schade ist nur, daß sich die Menschen dann nach Schönheit sehnen, wenn sie ihnen nicht vergönnt ist, nicht aber in dem Abschnitt ihres Lebens, in dem sie ihnen von Allah beschieden ist. Selma und Hato hatten erkannt, daß sie für das Alter geboren waren.

Sie putzen sich heraus, kleideten sich elegant mit schwarzen Kleidern, die die Händler eigens aus Saloniki kommen ließen, färbten sich das Haar mit Henna, und wenn sie Verwandte besuchten, mußte ihnen eine Zigeunerin das Bündel mit den Abendgewändern hinterhertragen. Sie waren froh, daß ihnen Schönheit erst in den späten Jahren, da sie nicht mehr gefährlich werden konnte, gewährt war.

Ihr Schwägerinnen und die übrigen Frauen, ob nun zum Kindergebären schon zu alt oder gerade schwanger, waren im Hause kaum zu vernehmen.

LIII

In dem harten Winter, in dem der Wesir von Jannina für gesetzlos erklärt worden war, erkrankte einer von Basris Brüdern. Es war eine seltsame Krankheit, für die sich kein Heilmittel finden ließ. Er hockte trübsinnig da, sprach mit niemandem und sagte mit keiner Silbe, was ihn bedrückte. Viele Ärzte kamen und untersuchten ihn, doch keiner konnte ihm helfen. Sie empfahlen lediglich, Eisengitter vor die Fenster seines Zimmers anzubringen und ihn auf gar keinen Fall allein zu lassen.

Später wurde getuschelt, der Unglückselige habe geholfen, die hübsche Roksana zu ersticken. So lange hatte er es wohl vergessen, und nun auf einmal, nach vierzig Jahren, erschien ihm das Mädchen. Das machte ihn krank. Er ertrug keine Steppdecke, wollte nicht auf der Matratze schlafen, Kissen bereiteten ihm Atemnot. Anscheinend erinnerten ihn alle diese Gegenstände an Roksanas gewaltsamen Tod. Einem Arzt, dem er sich anvertraute, hatte er erzählt, das Mädchen erscheine ihm nicht mit ängstlicher Miene, sondern im Gegenteil, ganz heiter. Doch dadurch wurde es für ihn nicht leichter. Das mache es nur noch schlimmer, meinte der Unglückliche. Viel schlimmer. Dann begann er zu weinen.

LIV

Ali Pascha Tepelena war zuschanden. Der Zorn des großen Sultans hatte ihn vernichtet. Es hieß, der Name Albanien werde ausgelöscht, ausgerottet wie Unkraut, und statt dessen werde die Saat gelegt für einen neuen Namen. O Allah, was für entsetzliche Dinge!

In jenem Jahr erlitt Basri Hankoni einen Schlaganfall. Dieser gewichtige Mann verwandelte sich binnen weniger Wochen in ein Nichts. Er saß an einem zur Straße gelegenen Fenster und gab den lieben langen Tag ununterbrochen dasselbe von sich: Bla-bla-bla. Es war unmöglich, ihn anderswohin zu bugsieren. Das Unvermögen, zu reden und Befehle zu erteilen, schien ihn sehr zu quälen. Manchmal setzte sich sein schwachsinniger Sohn ihm gegenüber und fiel, da ihm sein Vater nunmehr vertrauter vorkam, in das Bla-bla-bla ein, als wolle er antworten. Das ging so lange, bis der vom Schlagfluß Betroffene zum Stock griff und ihn verjagte.

LV

Basri Hankonis Hirnschlag war kein so großes Mißgeschick, wie es anfangs schien. Seine Pension war recht hoch, dazu kamen die Gehälter der beiden Neffen und die Bodenrente für den Amselacker; so hatten die Hankonis ihr Auskommen.

Jetzt bestimmte Selma über die Familie und das Haus. Selbstverständlich war Shano, ihre Mutter beziehungsweise die Großtante, wie sie ja von allen genannt wurde, die oberste Herrin.

»Bei den Hankonis herrschen die Weiber«, redete man über sie. Aber das war durchaus keine Schande. Im Leben aller alten Familien von Gjirokastra hatte es Perioden gegeben, in denen Frauen ihre Geschicke lenken mußten. Oft sogar hatten die betreffenden Familien gerade in jenen Phasen ihre Blütezeit.

Lange Zeit verlief das Leben der Hankonis ohne Aufregungen. Unter Basri Hankonis eintönigem Bla-bla-bla vergingen die Wochen, Monate und Jahreszeiten. Es gab keinen Herbst ohne Heiraten und keinen Winter ohne Sterben. Allerdings waren es Todesfälle, die keinen großen Kummer bereiteten. Eine nach der anderen hatten die greisen Tanten von Basri und Selma das Zeitliche gesegnet.

In dem großen Zimmer mit der geschnitzen Decke saßen Selma und Großtante Shano mit ihren Gästen, ein paar alte Frauen, und schlürften genüßlich eine Tasse Kaffee nach der anderen. Wenn man von ihnen sprach, hieß es: »Bei den Hankonis geht einem der Kaffee bis auf den Herzensgrund.« Da waren die Mokkatäßchen aus kostbarem Porzellan, von Izmir herbeigeschafft, noch teurer das Tablett, mit einem eingravierten Spruch aus dem Koran, und der Kaffee mußte aus dem Jemen sein, anderen trank man nicht in diesem Hause. In den Pausen bis zur nächsten Tasse Kaffee reichten die Greisinnen ein Fernrohr reihum, ein altes Familienerbstück mit kaffeebraunem Futteral, das Kaskapan irgendwann von einer weiten Reise mitgebracht hatte. Damit guckten sie aus dem Fenster, um so viel wie möglich zu erspähen – und so wurde dieses Kaffeetrinken Fernrohrkaffeekränzchen genannt –, dann legten sie das

Fernrohr wieder beiseite, seufzten und kramten in Erinnerungen an vergangene Zeiten, meistens an Todesfälle.

LVI

Seit die Frauen bei den Hankonis das Sagen hatten, fanden sie zunehmend an Schmuck, vor allem an Perlenketten und Diamanten, Gefallen. Sie waren zwar nicht so reich, daß sie jeden Finger hätten beringen können, doch auch nicht so arm, um nicht wenigstens die Finger einer Hand zu schmücken.

Im Hause tauchten teure Service auf, silberne Bestekke, auch kostbare Spiegel mit Bronzerahmen. Die Frauen waren der Meinung, eine altehrwürdige Familie wie die ihrige sei ohne solche Wertsachen wie ein Haus ohne Fundament. Die Zeiten der Hankonivorfahren, die Macht und Wohlstand der Familie nach der Menge des Wintervorrats bemaßen, waren vorüber. Ja, sie waren sogar bereit, am Essen zu sparen, wenn es ihnen nur nicht an Luxus mangelte. Und die Hankonis hatten tatsächlich angefangen, weniger zu essen.

LVII

Basri Hankoni verschied in aller Stille. Eines Nachmittags war das gewohnte Bla-bla nicht mehr zu hören, und mit ihm war es aus und vorbei. Der Leichenschmaus war prächtig, doch gefühlsleer. Die Tränen des Kummers, während der Jahre des Dahinsiechens vergossen, waren versiegt. Sein schwachsinniger Sohn lief hinter dem Sarg her und schien bisweilen zu fragen: Warum machst du nicht Bla-bla? Als sie den Toten in die Erde senkten, schien auch dem Sohn etwas zu dämmern, denn er brach in Schluchzen aus.

LVIII

Der Wali wurde ausgewechselt. Der vorige wurde in einem weit entfernten Ort eingesetzt – einige meinten eingekerkert –, der neue, der einen Monat später ankam, war steinalt. Er führte ein paar, allerdings geringfügige Veränderungen durch. Nicht einmal die Steuervorschriften, die im Herbst eintrafen, hatten sich geändert. Die Steinplatte für Basri Hankonis Grab meißelte der Steinmetz Vllasi. Die Inschrift lautete: »Hier ruht Basri aus dem Hause Hankoni, Staatsbeamter der vierten Kategorie, der das Imperium vor dem Komplott von Karagümrük bewahrte. Möge sein Geist leuchten.«

LIX

Shano hatte schon die Hundert überschritten, doch ihr Geist war noch sehr rege. Ausgerechnet zu dem Zeitpunkt, da alle erwarteten, sie würde vertrotteln, tat sie etwas in der Familie Hankoni noch nie Dagewesenes: Sie verlieh Geld gegen Zinsen. Sie gab den Toras, Xarbas, Çanatis und anderen Familien Anleihen. Dafür ließ sie sich Schuldscheine ausstellen, auf denen die Termine der fälligen Wechsel und die zu zahlenden Zinsen fein säuberlich vermerkt waren.

Das machte die Alte quicklebendig. Die Beine trugen sie noch, doch ihre Sehkraft hatte nachgelassen. Alles erschien ihr wie im Dämmerlicht. Sie pflegte zu sagen: »Es ist immer Abend auf der Welt.« Halbblind wie sie war, ließ sie dennoch von ihrer Prozeßgier nicht ab. Wenn wieder ein Verhandlungstermin heran war, stand sie früher auf als üblich, zog ihre teuersten Kleider an, band ihr schwarzes Chiffontuch um den Kopf und machte sich auf den Weg.

Bei den Hankonis hielt das ruhige, sorgenfreie Leben an. Die Vorratskammern waren zwar nicht mehr ganz so voll wie einst, aber an Luxusdingen herrschte kein Mangel.

Auch die Krankheiten, mit denen sie zu tun hatten, waren eher Wehwehchen – Gicht, Kopfschmerzen und Gelenkschwellungen nach dem sechsten Lebensjahrzehnt. Die Gicht behandelten sie mit Aalen aus Jannina, den Kopfschmerzen rückten sie mit Holzkohlenglut, in Wasser gelöscht, zu Leibe.

Selma empfing weiterhin in dem großen Gästezimmer ihre Freundinnen. Auf den niedrigen Sitzpolstern unter dem Fenster hielten sie ihre »Fernrohrkaffeekränzchen« ab, sprachen über das Wetter und die verflossenen Jahre, hauptsächlich über Sterbefälle.

Zu dieser Zeit kehrte einer der Neffen, Ebubeqir, vom Studium zurück. Er war von den Hankonis der erste mit höherer Bildung. Er hatte die Hochschule im fernen Istanbul abgeschlossen, hatte Rechnungsführung, das ganze hieß wohl Mathematik, studiert. Er war bei seiner Ankunft überhaupt nicht wiederzuerkennen. Mit veränderten Gesichtszügen, ungewohntem Benehmen, ungewöhnlicher Kleidung. Wenn er wütend war, schimpfte er in einer Sprache, wenn er trank, sang er in einer anderen. »Den könnt ihr abschreiben«, sagten alle. »Die Schule hat ihm den Geist verdreht.« Die Hankonis hatten durchaus recht, wenn sie nichts von Bildung hielten.

Einen Monat nach seiner Rückkehr behauptete Ebubeqir, mit den Hankonis gehe es bergab.

Niemand nahm seine Worte ernst, mit Ausnahme der alten Shano. Eines Tages, als er bei guter Laune war, nutzte sie die Gelegenheit, um ihn zu fragen, warum er denn annehme, daß die Hankonis im Niedergang begriffen seien. Ebubeqir wurde böse, er brüllte wütend, fluchte in vier Sprachen, dann nahm er ein Stück Kreide und versuchte, ihr die Gründe klarzumachen. Shano begriff von dem Zahlensalat nicht das geringste, doch ihr Gefühl sagte ihr, daß der Großneffe recht haben könnte.

Von nun an saßen die beiden stundenlang beieinander. Ebubeqirs Finger waren nach den Gesprächen mit Shano jedesmal weiß von Kreide. Die anderen sagten, er vernebele ihr bloß den ohnehin getrübten Blick, mache sie am Ende ganz verrückt. Ihre Gespräche waren über die Eingangsschwelle des Hauses gedrungen, sie hatten sozusagen Beine bekommen. Er erklärte ihr, warum das Geld krank wird und welches die ersten Anzeichen für eine solche Pestseuche sind. Die Dinge, die er da erzählte, erschienen ihr immer seltsamer. Er sagte ihr zum Beispiel, daß man Geld nicht in Krügen unter der Erde verstecken dürfe, weil es sonst eingehe. Shano widersprach, sagte ihm, daß das Geld unter der Erde am sichersten sei, sowohl vor Dieben als auch vor der Versuchung für denjenigen, der es besitzt. Er wurde zornig, schimpfte, fluchte in sieben oder acht Sprachen und setzte sich dann wieder hin, um ihr zu erklären, daß das Geld unter der Erde nicht atmen könne, erstarre, daß man es hervorholen und in Umlauf bringen müsse, damit es lebendig wird und sich vermehrt – wie die wild lebenden Maultiere. Shano verstand gar nichts von alledem, doch wiederum fühlte sie instinktiv, daß ihr Großneffe recht hatte.

Schließlich geschah das Unglaubliche: Ebubeqir hatte Shano dazu gebracht, einen Teil ihres Geldes in den Bau einer Mühle zu investieren; von deren Gewinnen sollte sie jedes Jahr ihren Anteil erhalten. »Ebubeqir hat die Alte vollends um den Verstand gebracht«, meinten alle. Doch ein Jahr später zeigte sich, daß Shano ihren Schritt keineswegs zu bereuen brauchte, obendrein wurde sie Teilhaberin in einem weiteren Mühlenbetrieb und später beim Bau eines großen Frauenhammams.

LX

Die großen, unter der Bezeichnung Tanzimat bekannten Reformen waren verkündet, doch überall reagierte man darauf mit Unruhen. Eine Nachricht über das Ausbrechen der Pest wäre vielleicht gelassener hingenommen worden. In allen Sandschaks brodelte es wie in einem Hexenkessel.

Die Lehen waren per Dekret aufgelöst. Die Kriegsdienste der Lehnsmänner waren abgeschafft, und es begann die Aushebung der Rekruten für ein stehendes Heer. Allenthalben waren die Menschen bestürzt. Auch drei junge Hankonis wurden einberufen. Es hieß, man schicke sie zum Heeresdienst weit weg, in die jemenitischen Wüsten. Für sieben Jahre. Am Tage des Abschiednehmens herrschte bei den Hankonis größere Trauer als je bei einem Sterbefall. Nach dem Weggang der Jungen waren alle tagelang völlig durcheinander. Sie dachten an den armen Hadschi Bardhush, der dort umhergeirrt war, gedachten anderer, die dort den Tod gefunden hatten. Und zum erstenmal nach so vielen Jahren kauften die Hankonis keinen jemenitischen Kaffee.

LXI

Der erste Brief aus dem Jemen traf nach einem Jahr ein. Während Ebubeqir ihn vorlas, weinten und schluchzten die Frauen. Selma fiel zweimal in Ohnmacht.

Die Empörung gegen die Reformen wuchs immer stärker an. Auf der großen Heerstraße kamen häufig Soldaten entlanggezogen, daraus konnte man schließen, daß es Aufstände gab. Man sprach von schrecklichen Dingen. Man erzählte sich, daß manche Eltern ihre Söhne selbst verstümmelten, bloß um sie nicht zu den Soldaten schicken zu müssen, sie hackten ihnen einen Finger der rechten Hand ab oder verletzten ihnen die Hüftknochen, damit sie lahmten.

Wäre nicht die Sorge um die Jungen, die als Soldaten dienten, gewesen – »das Gift aus dem Jemen«, sagten die alten Frauen, vor langem schon hatten sie aus dem Kaffeegrund ein solches Unglück prophezeit –, ja wäre dieser Kummer nicht gewesen, so könnte man sagen, daß die Hankonis ein paar ruhige Jahre verlebten. Shano legte ihr Geld noch immer in verschiedenen Unternehmungen an: Zu ihrer Teilhaberschaft an den beiden Mühlen und dem Hammam kam eine weitere hinzu, an einem Han für Bauern. Die Leute meinten, der Alten ginge es weniger um die Gewinne als um die Vorfreude auf Prozesse, die sie gegen die anderen Teilhaber führen könne. Ebubeqir hatte ihr im übrigen zugesichert, daß sie so viele Gerichtsverfahren bekommen könnte, wie sie wollte. Es gab bereits Rechtsstreitigkeiten wegen eines gemeinsamen Unternehmens, das für einen Prozeß fast überreif war, wie eine Gurke, die schon wäßrig wird.

Ebubeqir heiratete, als die Unruhen wegen des Tanzimat noch im Gange waren. Nach neun Monaten wurde ihm ein Sohn geboren. Der sollte Didin heißen, zum Andenken an Didin Hankoni, der einst auf einer Hochzeitsfeier angeschossen worden war, doch Shano bestand darauf, daß sie ihn Basri nennen, damit der Name ihres Neffen und Schwiegersohnes weiterlebe. Selma war zwar nicht dafür, widersetzte sich aber nicht dem Willen ihrer Mutter. So war also Basri Hankoni der Dritte ins Leben getreten.

LXII

In der Stadt war es zu einem Aufruhr gekommen. Ein Teil des Walipalastes brannte aus, und die Gefängnistore wurden geöffnet. Doch aus Pashaliman eilte ein großes Heer herbei, und bald war die Ruhe wiederhergestellt.

Der Wali wurde ausgewechselt. Zur türkischen Schule kamen eine italienische und eine griechische hinzu. Eine albanische Schule nicht. Ebubeqir sagte, daß er seinen Sohn, wenn er herangewachsen sei, nicht, wie bei den Mohammedanern üblich, in die türkische Schule schicken werde, sondern in die italienische, wie es die Katholiken taten. Die es hörten, meinten, er sei völlig übergeschnappt.

LXIII

Während des Winters ereigneten sich bei den Hankonis drei Sterbefälle hintereinander. Unerwartet starb Ebubeqir, in der Blüte seines Lebens. Er hatte sich in einer Regennacht erkältet, bekam eine Lungenentzündung, und drei Tage später verließ er diese Welt. Sie beweinten ihn, wie man selten einen Angehörigen beweint. Mit vierzig Paar Tränen, wie es in einem Sprichwort heißt. Nach Ebubeqir starb der Schwachsinnige. Auch er bekam ein feierliches Begräbnis, doch das nahmen sie eher zum Anlaß des Gedenkens an die anderen Verstorbenen. Schließlich verstarb bei Winterausklang Shano. Sie hatten schon geglaubt, Gott habe sie hier auf Erden vergessen. Es herrschte große Trauer, die Hankonis waren zutiefst betroffen, mehr als je zuvor. Der Zug der Trauergäste wollte kein Ende nehmen. Es hatte geschneit, und der Friedhof Vasilikua war über und über weiß. Der Schnee dämpfte ein wenig die Schluchzer, doch die Menschen machte er gleichsam trunken.

LXIV

Die Marmorplatten mit den Inschriften waren nach einem Monat fertig. Auf der Tafel für den Schwachsinnigen stand: »Von Allah war es ihm bestimmt, in dieser Welt nur ein paar Wörter zu sprechen, um ihm alle übrigen Wörter für jene Welt aufzusparen. Allah gebe ihm die ewige Ruhe!«

LXV

Wie stets bei schwerwiegenden Todesfällen fanden bei den Hankonis Umzüge innerhalb des Hauses statt. Auch diesmal wurden dabei hohes Alter, Rheumatismus, bittere Erinnerungen und irgendwelche halbversteckten, schwelenden Streitigkeiten berücksichtigt.

Nach dem Umräumen wurde der rechte Gebäudeflügel instand gesetzt, desgleichen das Schutzdach über der Eingangspforte. Einige Fensterläden an der Vorderfront wurden ausgewechselt. Das Haus wirkte nach all diesen Veränderungen wie neu belebt. Das Zimmer von Hadschi Bardhush blieb wie eh und je unbewohnt.

Selma, die nun Großtante genannt wurde, lenkte die Geschicke der Familie mit eiserner Hand. Sie wurde ihrer Mutter mit der Zeit immer ähnlicher. Diese hatte ihr in ihren letzten Augenblicken zusammen mit dem Verzeichnis über die Wechsel und Zinsen ihre Prozesse ans Herz gelegt, und Selma hatte ihr gelobt, alle noch anstehenden Verfahren zu Ende zu führen, und sie hielt ihr Versprechen. Anfangs tat sie es lustlos, nur um die der Verstorbenen gegebene Zusage einzulösen, doch später wurde ihr das Prozessieren zur Sucht.

Indessen hatten sich auch schon (wie von Ebubeqir vorausgesehen) die Komplikationen mit den Teilhabern am Frauenhammam zugespitzt. Selmas Augen füllten sich mit Tränen. »Wärst du doch noch am Leben, Mutter!« seufzte sie, so wie eben jemand seufzt, der im ersten Frühling nach dem Tod eines lieben Menschen die Pflaumenbäume erblühen sieht.

LXVI

Dem Brauch der alten Gjirokastriter Familien entsprechend, gaben die Hankonis vielen ihrer Kinder die Namen der Urgroßväter und Großväter. Da war nicht nur Ebubeqirs Sohn, der als Dritter den Namen Basri Hankoni trug, sondern die Namen fast aller Vorfahren feierten fröhliche Urständ. Sie verdoppelten und verdreifachten sich einer nach dem anderen, und so liefen ständig kleine Kinder durchs Haus, die auf Namen wie Kaskapan, Hatib, Shano, Didin, Sabeko – nach der Frau des ersten Basri Hankoni – oder Bardhush hörten.

Es schien, als trete das Geschlecht der Hankonis auf der Stelle, so, wie die Strudel in einem trüben Strom bald hier und bald da dasselbe Treibholz an die Oberfläche bringen. In Wirklichkeit waren es natürlich grundverschiedene Wesen, und wären die alten Generationen noch am Leben gewesen und hätten sie beispielsweise den molligen und braven Kaskapan gesehen statt seines Vorfahren, der einer wilden Rose geglichen hatte, oder den jungen Bardhush, der sich gern nach der neuesten Istanbuler Mode kleidete, anstelle des Hadschi Bardhush mit den Klappersandalen, so hätten sie wohl vor Staunen Mund und Nase aufgesperrt. Doch diese Welt ist ja so eingerichtet, daß die Generationen einander ablösen. Und Gott sei Dank ist das so, wer weiß, was für verhängnisvolle Verstrickungen wir sonst erleben müßten!

Es gab jedoch kein Mädchen, das nach der hübschen Roksana benannt war. Dieser Name war in der Familie Hankoni kurzlebig gewesen wie eine Sternschnuppe.

LXVII

Für eine gewisse Zeit gerieten die Hankonis wirtschaftlich in eine mißliche Lage. Die Ursache hierfür waren hohe Ausgaben im Zusammenhang mit einigen verlorenen Prozessen. Außerdem zahlten die Mieter nicht regelmäßig für die über ganz Gjirokastra verteilten halben Zimmer und viertel Häuser, die zu Shanos Hinterlassenschaft gehörten. Und das war ihnen nicht zu verdenken. Die Besitzverhältnisse waren so verworren, daß die Mieter immer wieder Ausflüchte und Hintertürchen fanden, um sich vor der Bezahlung zu drücken. Nicht weniger schwierig war das Eintreiben der Gewinne aus den Mühlen und dem Frauenhammam. Selma seufzte so manches Mal: »Ebubeqirs Verstand müßte man haben, um diese teuflisch vertrackten Rechnereien zu entwirren.« Sie merkte, daß man sie betrog, doch sie konnte es nicht nachweisen. Das nagte an ihrer Seele. Jetzt erst begriff sie, warum Ebubeqir als Vermächtnis hinterlassen hatte, man solle seinen Sohn unbedingt in die italienische Schule schicken. Nur dort wurden die Zahlenkniffe gelehrt. Doch wie zum Trotz wurde die italienische Schule ausgerechnet in dem Jahr geschlossen, in dem der kleine Basri Hankoni dort Aufnahme finden sollte. Es hieß, es werde eine albanische Schule eingerichtet, aber daraus wurde nichts. Gerade wegen der geplanten Eröffnung einer Schule mit Albanisch als Unterrichtssprache war es zu Unruhen gekommen, hatte man Menschen verhaftet, in Ketten gelegt und in die Festung Çanak Kala verschleppt.

LXVIII

Es kamen Jahre, in denen es im Leben der Familie Hankoni nicht so bewegende Ereignisse wie ehedem gab. »Die Hankonis sind ruhiger geworden«, sagte man über sie. Die Sorgen um Salz und Petroleum, die Freudenfeuer bei den Hochzeiten von Hatibs Söhnen, der Meineid auf dem Amselacker, Roksana, die Geschehnisse um Kaskapan und Hadschi Bardhush, Basri Hankonis Traum, all das lag weit zurück und schien nur noch eine stumme Mahnung an die jungen Hankonis zu sein, die die Namen ihrer Altvorderen trugen.

Und wenn sich etwas ereignete, so war es belanglos und unerheblich. Eine der Jungvermählten, Didins Frau, bekam keine Kinder, deshalb wurde sie für vier Tage in das Derwischkloster von Beun geschickt. Bei ihrer Rückkehr war sie wie umgewandelt und brachte nach neun Monaten ein Mädchen zur Welt. Aus dem Jemen kehrte nur einer der Soldaten heim. Die anderen hatte das Tropenfieber dahingerafft. Es waren die ersten aus dem Geschlecht Hankoni, deren Gräber in der Fremde, gar auf einem anderen Kontinent, lagen. Hadschi Bardhush habe ihren Tod heraufbeschworen, hieß es. Schließlich habe er den Namen der Hankonis dorthin getragen. »Das mußte ja so kommen! Ihr Tod war vorherbestimmt.« Didins Frau ließ sich nochmals in das Derwischkloster von Beun schicken, diesmal in der Hoffnung auf einen Jungen. Sie ging dorthin, kehrte zurück, und nach neun Monaten gebar sie abermals ein Mädchen. Der Junge, der vom Heeresdienst heimgekehrt war, Muqerrem hieß er, versuchte sich an einem geheimen Alphabet für den Hausgebrauch. In der letzten Zeit waren Geheimalphabete bei den alteingesessenen Gjirokastriter Familien in Mode gekommen. Doch zur selben Zeit gab es einen gewaltigen Krach – ausgerechnet wegen eines albanischen Schriftsatzes aus Bleilettern, den jemand auf dem Rücken in die Stadt gebracht haben sollte. Es kam zu Morden und Verhaftungen, ein Sondererlaß verfügte die strenge Bestrafung aller, in deren Haus man albanische Lettern finden würde, und sei es nur eine einzige. Muqerrem versteckte sein Alphabet sogleich. Ringsherum, nah und fern, waren neben »Albanien« und »Albaner« immer häufiger Begriffe wie »Nation« und »Nationale Wiedergeburt« zu hören, doch die Hankonis kümmerten sich nicht um solche Dinge. Sie waren sich dessen bewußt, daß hinter solchen Worten stets Handschellen lauerten. Auf Verwicklungen mit dem Staat wollten sie sich niemals einlassen. Didins Frau machte sich zum drittenmal auf den Weg zum Derwischkloster. Diesmal blieb sie länger dort. Allerdings brachte sie wieder ein Mädchen zur Welt. Ebubeqirs Sohn, Basri Hankoni, hockte den lieben langen Tag über dem Gekritzel, das sein Vater hinterlassen hatte. Sie versuchten alles mögliche, um ihn abzulenken, doch die Zahlen übten auf ihn eine magische Anziehungskraft aus.

Mitten in dieses Familienidyll platze ein Ereignis herein, das den folgeschweren und aufsehenerregenden Geschehnissen mit den Hankonivorfahren in nichts nachstand: Zwei von den Çanatis, ein altes Ehepaar, hatten sich mit Kohlenmonoxid vergiftet, und das in der Neujahrsnacht. Der Grund dafür war, daß sie den Hankonis ihre Schulden, die sich durch den Wucherzins inzwischen verdoppelt hatten, nicht bezahlen konnten.

Obwohl das außerhalb ihres Hauses geschah, betraf es die Hankonis stärker als ein Todesfall innerhalb ihrer Familie. Bis dahin hatte sich alles, was auch geschehen mochte, in den eigenen Wänden abgespielt. Dieses Ereignis löste, eben weil die Pforte durchschritten war, in der Stadt eine Welle dumpfer Empörung gegen die

Hankonis aus. Besonders schwer hatte es Selma. Der Tod hatte wohl auch sie, wie einst Shano, zu holen vergessen. Doch dieses neuerliche Mißgeschick machte sie noch krummer, denn die Hankonis stellten nun das Geldverleihen gegen Zinsen ein. Ihre wirtschaftliche Lage war zwar nicht gerade rosig, doch um das Mitleid der Menschen zu erheischen, wollten sie den Eindruck erwecken, es gehe ihnen sehr schlecht.

LXIX

Zu dieser Zeit brach der Krieg mit Rußland aus. Auch die gedienten Soldaten wurden zu den Waffen gerufen. Die Hankonis mußten sich von Muqerrem, dem, der im Jemen gewesen war, verabschieden. Die Türschwelle war tränengebadet, wie es hieß. Das Kriegsgeschehen spielte sich weit entfernt ab, in Ebenen, die Steppen genannt werden, und von dort kamen so gut wie keine Nachrichten. Von Muqerrem keine mündliche Botschaft, kein Brief. Es wurde Frieden geschlossen, wieder gekämpft, doch von ihm – kein Lebenszeichen. Die Heimkehrer sagten, sie hätten ihn nicht gesehen, weder lebend noch tot. »Vielleicht ist er in Gefangenschaft geraten, oder er hat sich in der Steppe verirrt«, meinten sie. Da gebe es Steppen, über die brauche man nur eine Weile hinwegzugehen, da werde man wie betrunken, die Beine liefen einem wie von selbst weg, und dann könne man nicht mehr zurück, es gebe kein Entrinnen. Die Hankonis ließen alle Hoffnungen fahren. Doch als sie ihn schon tot glaubten, erhielten sie einen Brief von ihm. Hätten sie den lieber nicht bekommen! Er war in der Familiengeheimschrift abgefaßt. Muqerrem schrieb: »Ich bin in der Verbannung, am Ende der Welt. Der Ort, an dem ich mich befinde, heißt Kolyma, auch Sibirien. O je, o je! Es ist schrecklich kalt. O je! Kälte und Eis, nachgerade hinter der Sonne. O Mutter, der Jemen war dagegen ein Paradies. Der Sultan wird hier Zar genannt. O je! Sechs Monate ist es hell, und sechs Monate herrscht Nacht. O je, o je! Beweint mich, obschon ich noch lebe, wartet nicht mehr auf mich! M.«

Und sie beweinten den Lebenden und harrten seiner nicht mehr, und er kehrte tatsächlich nicht zurück.

LXX

Auf die Hankonis kamen ein paar betrübliche Jahre zu. Muqerrems Brief hatte ihnen aus der Ferne gleichsam die Kälte gebracht. Die Pachteinnahmen für den Amselacker waren niedrig. Die Mieten konnten sie nach wie vor nur mit Mühe eintreiben. Sie begannen mit der Instandsetzung des linken Gebäudeflügels, mußten ihn aber wegen der hohen Kosten halbfertig lassen. Ein Teil des Dachgesimses vom Norderker brach ab, und sie wollten es eilig reparieren, doch dann verging eine Woche nach der anderen, und dann hatten sie sich mittlerweile, wie es schien, an den Anblick gewöhnt. Sie meinten: »Schließlich ist es nur ein kaputtes Dachgesims und kein Beinbruch.«

Das Leben floß wie mit halber Kraft dahin. Selmas Gedächtnis hatte sehr nachgelassen. Sie brachte alles durcheinander, Menschen wie Ereignisse, auch die Räume im Haus. Der junge Basri Hankoni saß weiterhin den ganzen Tag über ein mit Zahlen gefülltes Heft gebeugt. In Nordalbanien herrschte Krieg. Zwei neue Feinde, Verbündete Rußlands, waren auf den Plan getreten, Montenegro und Serbien. Die wollten sich Teile von Albanien einverleiben. Es hieß, das Blut fließe in Strömen.

LXXI

Es hatte ein Erdbeben gegeben. In den unteren Stadtteilen waren viele Häuser eingestürzt, in den höher gelegenen keine. Das Haus der Hankonis blieb verschont. Lediglich in der dritten Etage zeigte sich eine Riß. Alle waren froh, so davongekommen zu sein, doch die Freude währte nicht lange. Als sie die Eimer in die Zisterne hinabließen, um Wasser zu schöpfen, stellten sie fest, daß kein Tropfen mehr darin war: Die Zisterne war durch einen Spalt im Boden ausgelaufen. Sie holten eiligst Handwerker herbei, und sie ließen sich bei Laternenlicht an Seilen hinab. Bevor sie den Schaden beheben konnten, mußte die Zisterne erst einmal gereinigt werden. Sie holten eimerweise Schlamm heraus. Ab und zu kamen ein paar Gegenstände zum Vorschein, die irgendjemand in die Zisterne geworfen hatte: Metallmünzen, Knöpfe, eine bronzene Tabakdose. Dann entdeckten sie Knochen von einem Vogel, der wer weiß wie da hineingeraten war. Anfangs waren alle erschrokken: Woher denn sonst als aus den Tiefen der Hölle war dieser Vogel hierher geflattert?! Doch einer meinte, er sei wohl doch vom Himmel herab auf das Dach gefallen, und von dort könne ihn das Regenwasser mitgerissen und durch die Röhren in die Zisterne gespült haben. Jemand sagte, er habe zufällig einmal beobachtet, wie bei einem Gewitter ein paar vom Donner betäubte Vögel auf das Dach des Hankonihauses fielen.

Doch mehr als das Vogelskelett ließ ein Paar alter Schuhe, das nach oben befördert wurde, die Umherstehenden erschauern. Sie standen mit wachsbleichen Gesichtern davor und rätselten herum, wem sie wohl gehört haben mochten und warum man sie auf den Grund der Zisterne geschleudert haben könnte. In das betretene Schweigen hinein fragte plötzlich Selma: »Ob das vielleicht die Schuhe von Großvater sind?« Und dann erzählte sie von Basri Hankoni, dem Urahnen. Selma konnte kaum für eine Stunde etwas im Gedächtnis behalten, doch an lange Zurückliegendes konnte sie sich ganz genau erinnern. Von dem Meineid Basri Hankonis auf dem Amselacker hatte ihr Shano berichtet. Shano hatte ihr auch von den Schuhen erzählt, die ihre Mutter seligen Angedenkens, Sabeko, Basris Gemahlin, irgendwo versteckt hatte, vermutlich im Haus, in irgendeiner Nische. Die Schuhe hatte man aber nach Sabekos Tod nirgends finden können. Und nun war das Geheimnis gelüftet: Die Urahne der Hankonis hatte die Schuhe in die Zisterne geworfen!

Die Schuhe boten den Anlaß, sich alten Familienerinnerungen hinzugeben. Dafür interessierte sich vor allem der junge Basri Hankoni; er beschäftigte sich wie zuvor tagtäglich mit Zahlen und Rechnereien. Allgemein war man davon überzeugt, daß er eines Tages überschnappen würde. Einige glaubten aber auch, daß gerade er den Hankonis zu neuem wirtschaftlichen Aufschwung verhelfen würde. Es hieß, er schreibe in der freien Zeit, die ihm die Zahlen ließen, eine Familienchronik. »Die Hankonis seit Urväters Zeiten«, so habe er die Chronik betitelt. Eben deshalb interessierte er sich wohl so sehr für Basri Hankonis Schuhe, deren schlammbeschmierte Sohlen dazu beigetragen hatten, daß die Hankonis ihr erstes Verbrechen begingen – den Meineid wegen des Amselackers. Roksanas Tötung bezeichnete er als das zweite Verbrechen. Und als das dritte und schwerwiegendste den Tod der alten Çanatis, des Wucherzinses wegen.

So war Basri Hankoni eben, ein seltsamer Mensch.

LXXII

Die Jahre verflossen. Das Jahrhundert ging zur Neige. Es starb Selma, sie wurde mit großem Geleit, wie die anderen Altvorderen, beerdigt. In dem großen Haus wurde es immer stiller. Die jungen Frauen welkten beim ständigen Öffnen und Schließen der großen, halbleeren Wandschränke allmählich dahin.

Jetzt hatten die Hankonis auf dem Friedhof Vasilikua ungefähr siebzig Gräber. Also lag die Mehrzahl der Familienmitglieder unter der Erde, während die auf der Erde die Minderheit bildeten – wie bei ausgeästeten Bäumen, die mehr Wurzeln als Astwerk haben. So durften sich die Hankonis längst Alteingesessene nennen.

Sie lebten von der Pacht für den Amselacker, von der Rente für die beiden im Jemen verstorbenen Soldaten und der halben Rente für den in Sibirien Verschollenen sowie von den Mietanteilen für Shanos Teilbesitz an den verstreut liegenden Immobilien. Wahrscheinlich gaben die unablässigen Scherereien mit dem Mietekassieren den Ausschlag dafür, daß sie die Geschicke der Familie schließlich in Basri Hankonis Hände legten. Allein er war schlechterdings imstande, das Knäuel aufzudröseln, das schon zu Shanos Lebzeiten so verheddert war und nach ihrem Tod einen kaum zu entwirrenden Wust bildete. Innerhalb von zwei Wochen hatte Basri Hankoni zu aller Verwunderung die Rechnungen, die sich in hundertzwanzig Jahren zu einem chaotischen Berg aufgetürmt hatten, durchgesehen und nachgerechnet. Die Erben der Mieter der halben und viertel Häuser, der Teilhaber der Mühlen und des Frauenhammams verfielen in Angst. Sie verloren die Hoffnung, sich von nun an weiter hinter dem Wirrwarr der ungeklärten Rechnungen verschanzen zu können.

Die Vermögensverhältnisse aufzurechnen war für Basri Hankoni wirklich nur eine Kleinigkeit gewesen, ein Pappenstiel.

Er beschäftigte sich nämlich mit ganz anderen, viel tiefer greifenden und weitaus verzwickteren Rechnungen. Er hatte seinen Vater, Ebubeqir, bei weitem übertroffen. Dabei mußte man bedenken, daß Ebubeqir die Schule besucht hatte, während Basri sich alles allein aneignen mußte. »Was treibt der denn eigentlich?« fragten alle. Einige meinten, er sinne darüber nach, wie er die einstige Macht der Hankonis wiederherstellen könne. Ja, nicht nur die Macht der Hankonis, sondern die des ganzen riesigen türkischen Staates. Sie waren tatsächlich davon überzeugt, daß er sich mit Entwürfen für Wirtschaftsreformen im gesamten Reich beschäftige. Ein paar andere hingegen behaupteten steif und fest, etwas derartiges tue er mitnichten. Ihrer Meinung nach befaßte er sich mit nichts anderem, als sein Testament aufzusetzen. Die Verblüffung bei den Zuhörern war begreiflich: Was für ein Testament sollte denn das werden, wenn dessen Niederlegung nun schon achtzehn Jahre dauerte?

So wurde halt über ihn geredet.

LXXIII

Basri Hankoni hatte tatsächlich sein Testament geschrieben, das bestätigte sich gleich nach seinem Ableben. Er war ganz plötzlich gestorben, im Alter von zweiundvierzig Jahren, kurz vor der Jahrhundertwende. Auf seiner Brust lag das Testament, mit rotem Wachs verschlossen, darauf das alte Familiensiegel.

LXXIV

Von Basri Hankonis Testament, das gleich nach seiner Beerdigung geöffnet wurde, waren die Hinterbliebenen wie vor den Kopf geschlagen. Und das aus dem einfachen Grunde, daß es kein gewöhnliches Testament war, sondern eine Stiftungsurkunde, also eine Verfügung, die alles, was die Hankonis mit ihren Händen und ihrem Schweiß in über zweihundert Jahren geschaffen hatten, wohltätigen Zwecken vermachte, alles einfach verschenkte, wofür sie sich geplagt und abgerackert hatten, was sie mit Mühen, Schweißtropfen, Schlichen, Verbrechen und Hin- und Hergerechne zusammengehalten hatten. Das gesamte Hab und Gut, angefangen beim Amselacker bis hin zu dem Anteil am Frauenhammam, alles also, sogar einschließlich ihres eigenen Hauses, ging in die Stiftung über.

Die Gründe wurden in einem Teil der letztwilligen Bestimmungen dargelegt. Eigenhändig hatte Basri Hankoni geschrieben: »Ich verfüge hiermit, daß Besitz und Vermögen der Hankonis für eine fromme Stiftung zu verwenden sind, da diese Welt ebenso wie alles andere vergänglich ist, da die Erde eher ein Tal des Jammers denn der Freude ist, da der Aufenthalt in dieser Welt beschwerlich ist, denn ihre Weite ist Enge, ihr Überfluß Mangel und ihr Gewinn Verlust; da alles, was der Mensch ißt, zunichte wird, und das, was er anzieht, zerreißt, während das, was er verschenkt, weder verlustig noch zerstört wird, weil es in das Gedächtnis eingeht, und die Erinnerung stirbt niemals, denn sie wandert, sich entladenden Blitzen gleich, von Hirn zu Hirn, darum also muß der Mensch einzig und allein an die Rettung seiner Seele denken.«

Dann wurde im Letzten Willen der gestiftete Besitz im einzelnen aufgeführt: der Amselacker, das Haus der Hankonis mitsamt dem Hof, das Grundstück mit den abgebrannten Geschäften, vier Häuser im Stadtteil Hazmurat, von denen jeweils zwei Drittel einst Shano gehörten, zwei Häuser im Stadtteil Varosh, wovon sie je die Hälfte besaß, drei Häuser im Stadtteil Oberdunavat, wovon ihr je ein Fünftel gehörte, sieben weitere Häuser in unterschiedlichen Wohnvierteln, wovon ihr jeweils nur ein geringer Anteil zukam – ein Zimmer, eine Terrasse, eine halbe Zisterne oder lediglich die Pforte, des weiteren der Wasserbrunnen an der Zerzebilbrücke mitsamt der Steinumrandung, fünf Geschäfte im Stadtinneren, von denen ihr jeweils etwas mehr als ein Drittel gehörte, ein ganzes Geschäft am alten Basar, die Hälfte des Hammams von Pashalli, die Umfassungsmauer des Giaurenhammams, die Gewinnanteile von 12% und 15% an den Mühlen von Manalat und Xhemali, die Gewinnanteile an dem großen Frauenhammam, der Brunnen am Zemanplatz sowie vier Apfelbäume im Garten einer Familie aus Gjobek.

Von dieser Stiftung sollte nach Basri Hankonis Willen ein kleiner Han neben der Heerstraße, zehn Schritt von der Brücke entfernt, errichtet werden. In diesem Han sollten alle, die ihr Weg dorthin führte, kostenlos übernachten und beköstigt werden, ob Arme oder Reiche, Fremde oder Einheimische, Schüler, Greise, Derwische, Pfaffen, Juden, Eremiten und andere. Neben dem Han sollten seine Gebeine ruhen, mit einer schlichten Tafel über dem Grab, auf der nur das eine Wort stehen sollte: »Basri«. Kein Text, kein Familienname, kein Geburtsdatum, gar nichts weiter. Die Grabplatte sollte mit einer Vertiefung für ein Öllämpchen versehen sein, das Tag und Nacht brennen sollte – bis zum Weltuntergang.

Von der Stiftung sei außerdem jedem Angehörigen

der Hankonifamilie eine Art Rente zu zahlen, die ihm zukommen solle, solange er lebe, nach seinem Ableben dann dem Sohn oder der Tochter, dann den Kindeskindern und so weiter und so fort von Generation zu Generation, von Zweig zu Zweig, bis keiner mehr übrig und das Geschlecht ausgestorben sei. Der Betrag war jedoch weder pro Jahr noch pro Monat festgesetzt, sondern pro Lebenstag jedes einzelnen.

Basri Hankoni hatte alles durchgerechnet, damit das Stift bis in alle Ewigkeit bestehen könne. Mit beängstigender Präzision waren sämtliche Möglichkeiten des Zuwachses bei den Hankonis berechnet, und für jede Variante war ein Lösungsweg vorgegeben, der die Gesamtrechnung im Auge behielt und darauf abgestimmt war. Gleichfalls waren erstaunlich detailliert alle Ausgaben aufgeführt – für die Unterhaltung der Herberge und für die Grabpflege, für den Tageslohn des Herbergsverwalters, der gleichzeitig als Koch fungieren sollte, für die Gerichte, die jeden Mittag und jeden Abend zubereitet werden sollten, die Kosten für voraussichtlich anfallende Instandsetzungsarbeiten, die Ausgaben für das Öl, das das Lämpchen in Tausenden von Jahren verbrauchen würde, und so immer weiter. In dem Letzten Willen war alles bedacht und nichts vergessen worden. Und Überschlagsrechnungen waren nicht für Jahrzehnte oder Jahrhunderte, sondern für Jahrtausende angestellt. Erst jetzt wurde den Hankonis klar, warum Basri Hankoni achtzehn Jahre gebraucht hatte, um dieses verhängnisvolle Schriftstück zu vollenden.

LXXV

Die letztwillige Verfügung für ungültig erklären zu lassen war natürlich das allererste, woran die Hankonis dachten. Ihnen wäre ja auch gar keine andere Wahl geblieben, hätten sie nicht leer ausgehen wollen. Testamentsanfechtungen waren gang und gäbe, doch hier war die Sachlage ein wenig anders. Immerhin ging es um eine Stiftung, und Stiftungen wurden bekanntlich von Staat und Religion geschützt. Die Hankonis waren zwar ob der Schwierigkeiten recht niedergeschlagen, doch damit abfinden wollten sie sich nicht. Sie verpflichteten fähige Advokaten aus der eigenen Stadt – die Ärzte pflegte Gjirokastra hingegen von auswärts anzufordern, die Kadis sogar aus Adrianopolis oder Sofia, bisweilen auch aus der Hauptstadt. Die Hankonis engagierten also geschickte Anwälte und ließen die auf Widerruf abzielende Klageschrift aufsetzen.

LXXVI

Der Prozeß mit dem Ziel, Basri Hankonis Verfügung für nichtig zu erklären, verlief schleppend und betrüblich. Zögernd, Stück für Stück, wurden alte und neue Beweise zusammengetragen die allesamt bestätigen sollten, daß der »Erblasser« während der ganzen Zeit, in der er das »Testament« abfaßte, geistig unzurechnungsfähig gewesen war. Die Advokaten hatten versichert, dies sei der einzig gangbare Weg, um die Stiftungsurkunde außer Kraft zu setzen. Sie ließen nichts unversucht, um nachzuweisen, daß in der alten Hankonisippe neben Gesundheit und Klugheit bisweilen auch eine gewisse Anlage zu Wahnsinn aufgetreten war. Mit eben dieser Anlage sei Basri Hankoni erblich belastet gewesen.

Da humpelten alte Greise zum Gericht, die beim Koran schwörend bezeugten, daß der Sohn von Selma und Basri Hankoni dem Älteren schwachsinnig war; sogar die Grabinschrift, die das deutlich nachweise, wurde herbeigeschafft. Andere, noch ältere Greise, bezeugten, daß ein Hankoni aus der älteren Generation, einer von Hatibs Söhnen, zu Tode kam, weil er aus Angst vor Steppdecken fast wahnsinnig geworden war. Außerdem wurden weitere Angaben zu auffälligen, befremdlichen und irgendwie merkwürdigen Verhaltensweisen von Familienmitgliedern gesammelt, die ein und dasselbe bestätigen sollten: Durch die Verästelungen des Geschlechts der Hankonis schlängelte sich hier und da eine Ader von Wahnsinn.

Zur Jahrhundertwende hing dieser Prozeß den Hankonis noch immer wie ein Klotz am Bein. In der Stadt hatte es wieder Unruhen gegeben. Die Söhne der Topullaris waren als Heiducken in die Berge gegangen. Die Regierung ließ überall nach ihnen suchen. Als Kopfgeld war für jeden einzelnen eine so hohe Summe ausgesetzt, wie sie die Hankonis für den Vorrat etlicher Winter ausgegeben hatten. Die ganze Stadt sprach von den Topullaris, doch die Hankonis, sorgenbeladen wegen ihres Prozesses, lebten zurückgezogener denn je.

LXXVII

Es kam der letzte Monat des endenden Jahrhunderts. Dann die letzte Woche. Die Hankonis waren noch vollauf von dem Prozeß in Anspruch genommen. Der letzte Tag, der Tag zwischen zwei Jahrhunderten, war wie taub, ohne Schnee, sogar ohne Regen. Nur ab und zu war durch die Wolkendecke ein Donnergrollen zu vernehmen, so verhalten wie das Getrappel eines Pferdes auf der Mitte einer Brücke.

LXXVIII

Der erste Tag des 20. Jahrhunderts brach an. Dann war die erste Woche um. Dann das erste Vierteljahr. Der Hankoniprozeß dauerte an. Nunmehr waren sie voller Hoffnung, ihn gewinnen zu können. Die Richter waren von den endlosen Rechnereien Basri Hankonis stark beeindruckt.

Der Sommer verging mit Prozessieren, ebenso der Herbst. Endlich, Anfang Dezember, endete das Verfahren so, wie sie es ersehnt hatten: Die Stiftungsurkunde wurde als nicht rechtsgültig erklärt. Von diesem Prozeß waren die Hankonis so erschöpft, daß sie sich außerstande sahen, ihre Freude zu genießen. Das Staunen der Richter hielt an. Einer davon soll beim Formulieren des Urteilsspruches, dem zufolge Basri Hankoni für verrückt erklärt wurde, gesagt haben: »Nichtsdestotrotz war dieser Mann vielleicht der größte Mathematiker unserer Zeit. Ein gescheiter Kopf, doch wozu?« Und er soll hinzugefügt haben: »Ein Mathematiker für die Rettung der Seele… wie sinnlos… vollkommen sinnlos…«

Anmerkungen

Aptes rituelle Waschung
Hammam Baderaum im Orient
Han Herberge in der Türkei
Hodscha geistlicher Lehrer im Islam
Imam Leiter des gemeinschaftlichen Gebets im Islam
Katil-Ferman Vom Sultan erlassener Befehl zur Vollstreckung eines Todesurteils
Kaza Verwaltungsbezirk eines Landrats
Nahiye Gemeinde
Paschalik Amtsbezirk eines Paschas
Rumelien europäischer Teil des Osmanenreiches (Griechenland, Bulgarien, Serbien) mit der Hauptstadt Sofia
Salep Knabenkraut, Orchidee; Getränk aus Salepwurzeln
Sandschak Kleinprovinz, »Banner«
Spahi Angehöriger einer Feudalreiterei, Krieger
Tanzimat 1839 in der Türkei durchgeführte politische Reformen, die im wesentlichen aus einer Angleichung an europäische Verwaltung und Gesetzgebung bestanden
Timar osmanisches Militärlehen
Trahana (ung. tarhonya) Teig aus Mehl, Eiern und Milch, getrocknet und gerieben als Suppeneinlage
Türbe Grabkapelle, Mausoleum
Wali Statthalter
Walide Sultaninmutter
Wilayet Regierungsbezirk

Inhalt

Ismail Kadaré

DER GROSSE WINTER

Roman. Aus dem Albanischen übersetzt
444 Seiten, geb., DM 39,80
ISBN 3-89029-018-3

Ein historischer Moment: Im November 1960 verurteilt Enver Hoxha auf der Moskauer Konferenz vor einundachtzig anwesenden Parteidelegationen der kommunistischen Weltbewegung Chruschtschews Kolonialpolitik gegenüber Albanien. Die Sowjetunion reagiert mit einer Wirtschaftsblockade, mit dem Abzug ihrer Marineeinheiten vom gemeinsamen Flottenstützpunkt Vlora, schließlich mit dem Abbruch der diplomatischen Beziehungen.
Diese spannungs- und folgenreichen Ereignisse stehen im Zentrum des epischen Romans „Der große Winter". Ein fesselndes Buch, das durch seine Vielschichtigkeit, durch die Polyphonie seines Aufbaus, durch die Verbindung von Epik und Lyrik Klischeevorstellungen vom „Sozialistischen Realismus" widerlegt und beweist, daß jedes Thema, sofern es eine komplexe Behandlung erfährt, welthaltig zu werden vermag. (Neue Zürcher Zeitung)

Ismail Kadaré

DER GENERAL DER TOTEN ARMEE

Roman. Aus dem Albanischen
von Oda Buchholz und Wilfried Fiedler
308 Seiten, geb., DM 36,00
ISBN 3-89029-035-3

„Wir waren erstaunt über diese Art universaler Fabel... Sie verbindet sich besonders mit dem Kampf dieses Landes gegen die italienischen Faschisten und die deutschen Nazifaschisten. Es ist also ein ganz bestimmter Augenblick in der Geschichte des albanischen Volkes, der aber auch mit uns... verbunden ist. Doch ist es ebenfalls ein Buch voller Humor und Sarkasmus gegenüber dem nicht enden wollenden Geist der Revanche und des Sieges... Dieses Buch erklärt, warum man immer wachsam gegenüber den Besatzern bleiben muß." (Michel Piccoli über „Der General der toten Armee")

Ismail Kadaré

DIE FESTUNG

Roman.
Aus dem Albanischen von Giuseppe de Siati
313 Seiten, geb., DM 36,–
ISBN 3-89029-036-1

Man schreibt die Zeit der türkischen Eroberungskriege; unaufhaltsam dehnt sich das osmanische Reich über den Mittelmeerraum aus und überzieht alle Länder, die auf seinem Weg zur Weltherrschaft liegen, mit grausamem Krieg. Schon greifen die Fangarme des türkischen Heeres nach dem nördlichen Europa aus, als der Siegeszug unvermutet ins Stocken gerät: In der unwegsamen Berglandschaft Albaniens stellt sich dieser Weltmacht ein kleines Volk entgegen. Um so grausamer und unerbittlicher vollzieht sich die Belagerung der zentralen Festung Kruja im Norden des Landes, die der Schauplatz der vielschichtigen und farbenreichen Romanhandlung ist. Aus der Perspektive des türkischen Geschichtsschreibers Mevla Tschelebi erlebt der Leser die Angriffe auf die Festung, während ihm die Gegenseite völlig fremd bleibt. Nur kurze Passagen aus einer Chronik der Albaner, die zwischen die einzelnen Kapitel geschoben sind, geben Einblick in das, was auf der Festung geschieht.